目次

ご縁食堂
ごはんのお友
キャラ紹介
イラスト 鈴木次郎
未来《みらい》
大和《やまと》大地《だいち》
孤塚《こづか》

烏丸《からすま》
ごうちゃん＆えっちゃん
兄貴《あにき》
大神狼《おおがみろう》
海堂《かいどう》

大和《やまと》大地《だいち》

高級マーケット「自然力」の社員。
素朴と生真面目を絵に描いたような青年。

未来《みらい》

実体はニホンオオカミの子。でも豆柴にしか見えない。
おいしいごはんと大ちゃんが大好き。

大神《おおがみ》 狼《ろう》

「飯の友」店主。実体は狼。寡黙だが物事をよく見ている。
“旨味三昧”を愛してやまない男。

孤塚《こづか》

歌舞伎町のホストで、実体は狐。
印象はチャラいが性格は悪くない。案外面倒見がいい。

烏丸《からすま》

実体は鴉。大神の補佐。

えっちゃん & ごうちゃん

双子の狼ベビー。
姉は永《えい》は勝気で、弟の劫《ごう》は大人しい性格。

兄貴《アニキ》

可愛いものセンサーが鋭いヤクザ。
コワモテながら、可愛いもの好きすぎて暴走中。

海堂《かいどう》

大和の上司で副店長。
時々冷静さに欠けてしまい、うっかり暴言を吐いてしまうこともある。

ご縁食堂

ごはんのお友

仕事中でも異世界へ

1

高層ビルが建ち並ぶ大都会の中にも、緑豊かなオアシスがある。

広大な敷地を持つ新宿御苑《しんじゅくぎょえん》もその一つだ。

そして、その旧《きゅう》・新宿門衛所《しんじゅくもんえいじょ》から道路を挟んだ七階建てのマンションの一階に、今年の春にオープンした有機食材メインのスーパー〝自然力《しぜんりょく》〟新宿御苑前店《しんじゅくぎょえんまえ》はあった。

店の本店は麻布《あざぶ》の高級住宅街にあり、近年国内主要都市に店舗数を増やしている地元マダムに大人気の中型店。

店は意図して住宅街のマンションや雑居ビルなどの一階に入っており、軒先に設けられたイートインスペースが欧州風のカフェテラスになっていることから、映える写真投稿がSNSで日常となっている女子学生やOLたちにも好評だ。

最近は、店内の惣菜コーナーで軽食やドリンクを買い、スマートフォンで写真を撮りながら寛《くつろ》ぐことを想定して使用されている紙容器や包装紙の小洒落《こじゃれ》た感じもさることながら、

「接客のよさが仕事疲れを癒《いや》してくれる」

「ちょっとした気分転換になるから」

「店の雰囲気から、たまにはしっかり野菜を摂ろうかなって気になるのがいい」

「ここで買って、御苑でのんびりするのにはまってて」

　などと言って、ランチタイムや仕事休憩に利用するスーツ姿のサラリーマンも増えてきた。

　こうした目に見える状況が、いっそう店員たちの笑顔を増やし、よりよい接客となって買い物客に還元される。

　これぞ笑顔の好循環だ。

「今なら追いつくと思うので、いってきます！」

「おう！　悪いな、大和《やまと》。頼むぞ」

「はーい」

　そんな店から自転車で飛び出したのは、大和大地《やまとだいち》。

　新卒で地元北海道《ほっかいどう》から出てきた入社二年目で、素朴と真面目《まじめ》を絵に描いたような細身の青年だ。

　細身で優しげな面立ちをしており、かけた眼鏡が持ち前の穏《おだ》やかさを際立たせている。

　スーツの上着を脱いだシャツとズボンに、店のロゴが入った明るいグリーンのエプロン姿も、すっかり様になってきた。

とはいえ、店内担当の大和がこうして外へ飛び出していくのは、かなり稀《まれ》なことだった。

（急げ急げ！　急げば間に合う！）

袋に入ったネギや大根などの野菜を自転車籠に入れ、立ち漕《こ》ぎで向かった先は歌舞伎町《かぶきちょう》。

業務用の受注で配達契約をしている飲食店が多い界隈だ。

「あ、いた！」

花道通《はなみちどお》りへ入ると、大和は準備中のクラブの前に停まる軽ワゴン車を見つけた。

オフホワイトとカフェオレ色のツートンカラーの車体の横には、〝自然力〟とわかるピーマンキャラクターとロゴが入っている。

最近、「目指せ正社員！」を宣言し、シフトを増やしたバイトの青年・藤ヶ崎《ふじがさき》が、丁度車の後部からコンテナケースを取り出していた。

「あ！　待って、藤ヶ崎。これ、これも！」

「え？」

すると藤ヶ崎も、自転車で駆けつけた大和と籠の野菜、また自分が手にしたコンテナケース内を見て、積み漏らしを察した。

大和が車の側へ自転車を停めたときには、「あっちゃ～」と口走りはしたが、身体を折って頭を下げてくる。

「確認したはずなのに、すみません」

「いいよ。まだ二回目だし、次からは他の社員も一緒に最終確認をする。それに、まずは配達そのものに慣れてもらえればって、店長も言ってたから」

「――はい。せっかくシフトを増やしてもらったので、頑張ります！」

車の後部は席がフラットにされて、いくつものコンテナケースが積まれていた。

すべて食材の配達だが、いずれの届け先も日によって注文内容が変わるので、再三の注意が必要だ。

それでも、入ったときから乾物や生活雑貨を中心に扱ってきた藤ヶ崎にこの仕事を増やしたのは、上が彼の希望を理解し、意欲を買ったからだろうな――と、大和は思っていた。

生鮮、精肉、鮮魚、惣菜といった専門以外の店内担当社員は、結局取扱商品のすべてを把握し、接客することが求められる。

配達にかかわることで、自然に全食品部門の品や売れ筋などを覚えていけるからだ。

「それじゃあ、僕はこれで。配達の続きをよろしくね」

「はい！」

そうして、コンテナケースに入れ忘れた野菜を足すと、藤ヶ崎は店の通用口へ向かった。

その姿に大和は安堵《あんど》し、自転車のハンドルを握りしめて、方向転換をする。

とはいえ、まだ肩で息をしていた。

大和は呼吸を整えてから乗ろうと、押して歩く。

（——⁉）

すると、道路を挟んだ向かいのビル前に、見覚えのある男たちが目についた。

（あれ？　兄貴《あにき》さんたちだ）

見た目からヤバそうだとわかる男性五人に見送られて歩き出したダークスーツ姿の中年男性は、この界隈にシマを持つ組織の幹部で通称・兄貴。

実際の名前はわからないが、常に彼と行動を共にしている二人の舎弟《しゃてい》がそう呼んでいたので、大和も勝手に「兄貴さん」で認識をしている。

大柄で強面《こわもて》な彼は、普通に歩いているだけでオラオラなオーラが全開だ。

それこそ対向者がさりげなく隅へ寄り、内心ドキドキですれ違っているのが、大和の位置から見てもわかるほどだ。

「みゃ〜」

だが、そんな兄貴の前に、突然怖いもの知らずが現れた。

ビルの隙間から飛び出し、彼の靴より小さそうな白い仔猫が立ちはだかったのだ。

（あ！　野良《のら》猫がっ）

しかも、首輪がされていない仔猫は、その薄汚れた身体で兄貴の真新しいズボンの裾《すそ》に擦り寄っていく。

瞬間、舎弟たちも「「ヤバいっ」」と声を揃えるように、全身をびくつかせた。

ただ、これは仔猫が兄貴のズボンの裾を汚したからではない。

ヒグマか鬼にしか見えない兄貴が瞬時にしゃがみ、仔猫を抱き上げたと同時に愛《いと》おしそうに頬《ほお》ずりを始めたからだ。

（仔猫ちゅわ～ん。どこの子でちゅか？　かわゆいでちゅね～。みたいな感じかな？）

幾度となく似たような状況に遭遇し、また「それはいったい何語ですか⁉」という彼の小動物への話し方も耳にしている大和は、自分の想像が十中八九当たっているだろうと確信していた。

兎《と》にも角《かく》にも、兄貴はこうした可愛い動物が大好きで、目がない漢《おとこ》なのだ。

それもところ構わずこうなってしまうので、お付きの二人も大変だ。

案の定、顔を引き攣《つ》らせた舎弟たちは、速攻で兄貴を立たせた。

二人がかりで兄貴を引いて押して、仔猫が飛び出してきたビルの隙間へ隠していく。

大分手慣れてきたようにも見えるが、舎弟の立場から兄貴分にこれをするのだから、内心ヒヤヒヤだろう。

それでも兄貴の体面だけは守らねば！　という使命感からの行動なのだろうが――。

大和は心配半分、好奇心半分から、気がつけば自転車を押しながら横断歩道を渡っていた。

兄貴たちが身を隠したビルの隙間を覗《のぞ》けるところまで近づいていく。

（――あ、兄貴さんがペコってしてる。すまんすまん。つい、うっかり――って感じで、むしろ舎弟さんに感謝してる？）

大和がこっそり覗くと、舎弟たちに頭を下げた兄貴は、自身の胸ポケットから銀色のケースのようなものを取り出した。

（煙草《たばこ》？）

そう思いきや、兄貴はケースを開くと、中から出した何かを仔猫の口元に向ける。

「みゃ～ん」

「はいはい、みゃんちゅわ～ん。いい子でちゅね。でも、慌てなくてもいいでちゅよ～。カルシウムでちゅよ～。よく噛んで食べまちょうね～」

（――猫のおやつ⁉　あれって、煮干し⁉　ってか、もしかして野良に名前までつけてるってことは、もとから知ってる子？　それとも野良猫は全部、みゃんちゅわ～ん呼び？）

両目を見開いた大和に何かを感じたのか、一斉に男たちが振り返る。

目が合うと、大和はしっかり頭を下げてから笑ってみせた。

すると、兄貴たちもつられたように笑ったので、大和はもう一度頭を下げてからサドルを跨《また》いで、そこからは全力で漕いで店へ戻った。

「ふっ。ふふふ」

とはいえ、ドラマや映画で見るような怪しい場面から、まさか仔猫のカルシウムが出てくるとは考えていなかったので、大和は込み上げてくる感情が抑えきれなかった。

（煮干し！　銀のシガレットケースから煮干し！　それも常備してるっ！　兄貴さん、本当に可愛い子好きがすぎるよ〜っ）

気を抜くと声になりそうだったが、そこは我慢しペダルを漕いだ。

「ただいま戻りました。無事に間に合いましたので」

「サンキュー！」

店のバックヤードへ入ると、大和は先ほど見送ってくれた青果部長に報告をしてから、手を洗って売り場へ入った。

飾り気のないバックヤードと違い、店内は全店舗共通の色濃い木目の陳列棚と白い壁で統一されている。

どの売り場にも派手な特売のビラや価格表の類《たぐ》いはなく、当日のお買い得品には、それ専用に木札が立てられており、表示のロゴもデザイン文字も小洒落ている。

それこそ野菜売り場一つを取っても欧州の高級マルシェのようで、大和自身が買い物に入るとなったら、少し躊躇いそうだ。

だが、毎日働く職場としては、綺麗で清潔で気分が上がる。

特に実家が農家という大和からすれば、お洒落に陳列される野菜たちを見ているだけで、嬉しくなるのだ。

（あー、笑った。兄貴さんには申し訳ないけど、感謝だな）

そんな環境に加えて、先ほどの衝撃事件だ。

「いらっしゃいませ」

行き交う客にかける声も、自然に弾《はず》んだ。

「今日も元気だな、兄ちゃん」

そうして惣菜コーナーを横切ろうとしたところで、背後から声をかけられた。

「あ、いらっしゃいませ」

振り向くと同時に、満面の笑みで応える。

相手はこのマンションの住民で、靖国通《やすくにどお》りで動物病院の獣医兼院長をしている中年男性・谷《たに》だった。

見ればびっくりするほど窶《やつ》れて、目の下にはクマを作っている。

「だいぶ、お疲れのようですね。もしかして、今帰りですか？」

「急患でオペが入ったんでな。まあ、峠《とうげ》は越えたから、こうして帰ってきたんだが」

何気ない話をしながら、谷が幕の内弁当や大エビフライと唐揚げの弁当を、缶ビールの入った籠へ足していく。

「それは大変でしたね。でも、よかったです。患者さんが無事で。飼い主さんもホッとしたでしょうね」

「だな～」

まいったもんだと言いたげだが、谷は安堵の笑みを浮かべていた。

そして、「それじゃあな」と手を振り、レジへ向かう。

（獣医さんか。言葉の通じない患者さんを診《み》るって、本当に大変なんだろうな。僕じゃ、想像もつかないけど）

大和は会釈《えしゃく》で彼を見送り、持ち場の陳列棚へ向かう。

「すごい、大和。すっかり打ち解けて。谷さんって、いつもムスッとしていて、気難しい印象しかなかったのに。あんなふうに笑う人だったのね……」

と、今度は様子を見ていたらしい、同期の女性・深森《みもり》から話しかけられた。

まっすぐに背まで伸ばした黒髪を一つに結ぶ彼女は、いつも快活でハキハキとしている。

都会生まれの都会育ちで、「イケメンは正義！」を貫《つらぬ》くアイドル追っかけを人生の糧《かて》にしており、大和は彼女からの頼みでよく休みを取り替える。

チケットが取れれば、繁忙期も何のそのでコンサートへ行ってしまうが、その分普段からしっかり勤めているので、誰も何も言わない。

むしろ大和からすれば、彼女にオンオフの切り替えの大事さを教わった。趣味や夢中になれることがあるからこそ、仕事も頑張れるという姿勢を学んだほどだ。

「気難しいというよりは仕事で疲れてるんだと思うよ。基本は交代勤務だけど、急患が入ったら駆けつけるから、シフトもあってないようなものだし」

「そっか――。それは確かに、愛想笑いも浮かばないか。あ、そろそろ時間よ。このままランチ休憩へどうぞ」

ただ、彼女が仕事中に立ち話をしてくるなんて珍《めずら》しいなと思えば、本題はこちらのようだ。

大和は腕時計を見ながら、（もう、こんな時間だったのか）と少し驚く。

午前中が忙しいのはいつものことだが、やはり外へ出て戻ると更に慌ただしいことになるようだ。

それでも十二時を回ったところで、休憩に入れるのはありがたい。

「他の人は？」

「たまには外でって言っていたから、大和一人だと思う。何？　寂《さみ》しいの」

「いや、そんなことはないよ」

何の気なしに聞いたことでからかわれて、照れ笑いが出る。

「まあ、下手に誰かと一緒よりは、気を遣わなくてすむか。それじゃあ、ごゆっくり」

「ありがとう」

大和はその足でバックヤードへ戻り、事務所に置かれたタイムカードを押した。

（たまには外か。そうしたら僕も思い切って、外ランチをしてみようかな）

いつもは仕事で誘われない限り、仕事中の昼食夕食は食費補助が出る惣菜コーナーで見《み》繕《つくろ》い、ロッカールーム兼休憩室で食べていた。

確かに補助も魅力的だが、それ以上に――何かあったらすぐ仕事に戻れるほうがいいだろう――と、信じて疑っていなかったからだ。

しかし、性格とはいえ、何かにつけてこうした気遣いをしていたがために、大和が周囲に「何かあったら大和に言えば」「頼めば」という発想を習慣づけてしまったことは否《いな》めない。

よかれと思った行動が、ときには周りを横暴にしてしまう。

人間は慣れると〝狎《な》れ〟になることがあるからだ。

今でこそ「言えば叶えてくれるのが当たり前ではない」「大和が頼まれごとを引き受けてくれたのは、あくまでも好意からであって社員としての義務ではない」「彼は当店の便利屋でも何でも屋でもない」と周囲に理解され、納得されたが――。

それでも自分から行きすぎた行動や、いつの間にか芽生えている「ねばならない」という思い込みを変えていかなければ、また周囲の誤解を招きかねない。

（うん。そうしよう。何かあったら電話をしてもらえばいいだけだし、ものの三分もあれば戻れるんだから）

大和はそんなことを思いながら、かけていたエプロンを外してロッカーへしまった。

代わりに財布とスマートフォンを手にし、バックヤードにいた社員に一声かけると、颯《さっ》爽《そう》と店から走り出す。

たったこれだけのことだが、また何かが吹っ切れた気がした。

大和は今の職場や仕事が好きだからこそ、休日だけではなく、これからは休憩時間もしっかりリフレッシュできるように心がけてみようと決めたのだった。

＊　＊　＊

そうは言っても、もともと引きこもりがちだった大和が「外ランチ」に気を向けたのは、すでに通いの店があるからだった。

それも、気がつけば何でも屋にされていたことに疑問を抱き、好きなはずの仕事で疲《ひ》弊《へい》しきっていたところを救ってくれた、可愛くてカッコイイ恩人たちがいる異世界の飯処《めしどころ》。

神様の世界と人間の世界の間にあるという狭間世界《はざませかい》の〝飯の友《めしとも》〟だ。

最初は夢か幻《まぼろし》かと思うような出会いであり、また行き来だった。

しかし、今ではすっかり常連だ。

仕事帰りに寄っていたのが、仕事前や休みにも通うようになっている。

それがとうとう仕事中の休憩時間まで——と、なったわけだ。

（あ、でも。急に決めて来たけど、お任せ定食とかあるかな？　さすがに何もないことはないだろうけど——。まあ、仮に何もなかったら、戻ってからお惣菜コーナーで買えばいいし。少なくとも行くだけで、可愛いと楽しいで気持ちはいっぱいになるはずだからな！）

大和は店を出ると、そのまま目の前にある新宿御苑へ向かった。

それを見ていたのか、電柱から鴉《からす》が一羽飛び立つ。

お先にとばかりに、敷地内へ入っていく。

（今のは、烏丸《からすま》さんの知り合いかな？）

そうして旧・新宿門衛所を勢いよく通り過ぎると、大和の視界には木漏れ日《こもれび》が眩《まぶ》しい森が広がり、奥には日本家屋風の飯処が現れた。

温かみのある木造りの引き戸にかかる暖簾《のれん》には、〝飯の友〟の文字が書かれている。

しかも、大和がこれらを目にした瞬間、店の中からは看板息子・未来《みら》が飛び出し、

「大《だい》ちゃん！」

満面の笑みを浮かべて、こちらへ走ってきた。

未来は見た目は幼稚園の年中男児ぐらいだが、頭にはよく動く耳が、そしてお尻には尻尾《しっぽ》がついている。

実際はニホンオオカミの子で、本来の姿は豆柴《まめしば》の子供のように愛らしく、また人間の子供の姿にも変化できる妖力を持つ。大和からしたら、三度も可愛く美味しい異世界の住民であり、もはやかけがえのない友達だ。

「本当だ。鴉さんの言うとおり、大ちゃんが来た！」

「伝達、早《はや》っ。こんにちは、未来くん。やっぱり僕の頭上を飛んでいった鴉さんって、烏丸さんのお仲間さんだったんだね」

喜び勇《いさ》んで飛びついてきた未来を抱っこした大和がニコリと笑う。

いっそう耳がピコピコ、尻尾がブンブン振れるのが可愛くて、大和はそのまま未来を抱えて店へ向かって歩いた。

当然、未来のテンションは更に上がる。

「からちゃんが会長さんをしている鳥内会《ちょうないかい》は、このあたりで一番広いからね。見たことは何でも教えてくれるんだよ」

「そうなの？」

「うん！　もう、みんな大ちゃんのことも知ってるし、未来たちと仲良しなのもわかってるから。すぐに〝こっちへ来るよ〜〟とか〝さっき自転車乗ってたよ〜〟とか教えてくれるんだ～」

「そうか～」

　未来の説明に、大和は新宿区上空を縄張りとする鳥内会の野鳥たちや、それを従える会長にして〝飯の友〟の接客係である烏丸の姿を思い浮かべた。

　変化時の彼は、漆黒スーツに身を包んだ二十代半ば・細身のイケメン青年で、本来の姿に戻ると普通サイズから未来を乗せられる中型サイズ、また大和を乗せて飛べるような大型サイズにまで変化ができる能力を持っている。

　とても紳士で気立てがよく、店では接客以外にも未来の妹弟で双子のベビー・永《えい》と劫《ごう》の世話係をして、未来の叔父《おじ》である店主・大神狼《おおがみろう》を助けていた。

（なんだか、見守られてる感が満載《まんさい》だな。どこにいても心強いや）

　不思議と〝見張られている〟という解釈にはならなかった。

　これまでにも鴉と目が合うことはあったが、嫌な気持ちになったことがなかったからだろう。

　しかも、烏丸のところの会員となれば、大和にとっても仲間同然だ。

　未来を抱えて歩く足取りさえ、軽いものに感じられる。

「それで今日は朝からお仕事の日だよって言ってたのに、お休みになったの？　いっぱい遊べるの？」

「あ――、ごめんね。今はお昼休みで、ご飯を食べたら仕事に戻るんだ。本当は、今夜の仕事終わりに来るつもりだったんだけど、お昼でも一時間あれば行き来ができるかなと思ったら、試したくなっちゃって」

「そうなんだ！　お試し成功したら、休み時間も来られるね！」

「でも、思いつきで来ちゃったけど、ご飯はあるかな？」

期待から尻尾を振っていた未来には申し訳なく思ったが、そこは今夜フォローすることにして、大和はランチのことを聞いてみた。

「あるある！　狼ちゃんはいつも何かしら作ってるから、ご飯もおかずもいっぱいあるよ！」

「わ！　それは助かる」

（――って。僕みたいなのがいるから、休みなくおかずを作り続けてるんだったら、どうしよう）

一瞬安堵するも、すぐに起こった不安から心臓をドキドキさせて、大和は扉の前で未来を下ろした。

「こんにちは」

かけ声と同時に、引き戸を開ける。

「いらっしゃいませ。お待ちしてましたよ。大和さん」

すると、声を発して迎えてくれたのは、両手に双子のケモ耳ベビー・永と劫を抱えていた烏丸だった。

丁度、二人を四畳ほどの座敷奥に固定されたベビーサークルへ入れていたところで、身体を返すと五席ほど設けられたカウンターテーブルにおしぼりをセットしてくれる。

「あう〜っ」

「ばぶ〜っ」

しかし、タイミングよくサークルに戻されてしまった双子は不服そうだ。

特に勝ち気な姉・永は主張が激しく、だが普段は大人しめな弟・劫もここぞとばかりに手足をパタパタ振っている。

二人揃って大和に「来て来て」「撫でて」と猛烈アピールだ。

呼ばれないわけがない。

「永ちゃん、劫くんは、変化の練習中？　偉《えら》いね。頑張ってるんだね」

「また大ちゃんのお部屋にお泊まりに行きたいんだって」

「そっか〜。そしたら、またお泊まりの予定を立てようね」

大和が先にサークルを覗いて二人を撫でると、永と劫は嬉しそうに「「あぶーっ」」と声を上げた。

本人からすれば、どうにか寝返りが打てる程度の月齢ベビーに変化するより、よたよたポテポテでも歩ける仔犬もどきの本体姿のほうが、自由で楽だろうに——。

以前、大和の部屋に泊まったのが、よほど嬉しかったのだろう。

まだまだ妖力《ようりょく》が足りない上に、一度変化をしたらなかなか元へは戻れないのだが、本人たちはやる気満々だ。

二人で「あうあう」「ばぶばぶ」しつつも、こうなったら寝返りだけでも移動できるようにしたいのか、左右に身体を振って奮闘し始める。

(うわぁぁぁっ。必死にコロンコロンしてるよ。でも、やっぱり後ろ足のほうが力が入るのかな？　今にも尻を軸にして、回り出しそう。そこがまた、可愛い〜っ)

これを見られただけでも、癒される。

大和は無意識のうちに「よしっ！」とガッツポーズをしながら、用意されたカウンター席へ着く。

隣の席には、よいしょと未来がよじ登って座っている。

「いらっしゃい。大和」

——と、ここで調理場の奥から店主・狼が腰に前かけを巻きながら現れた。

鈍色の長髪を後ろで一つに結んだ三十代半ばの男性は、粋な藍染《あいぞめ》の着流しにたすきがけをした姿がよく似合う。

いつ見ても長身で端正な面立ちをしているが、彼の頭部にも未来同様に獣の耳が、また臀部からは尻尾が生えており、大和からするとこれがなかなかのギャップ萌《も》えだ。

狼自身からすると、完全な人間に変化するにはかなりの妖力を使う。

かといって、本来の狼姿では板場で作業はできないので、このケモ耳姿でいることが一番楽なだけなのだが――。

「すみません。今日は夜の営業時間に来るつもりだったのに、いきなり来てしまって」

しかし、こんな狼に対して、大和はおしぼりを手に謝罪の言葉を口にした。

するとシンクで手を洗い始めた狼が、ピンと耳を立てる。

「――ん？　まかないでよければ、いつ来ても出すぞって言ったのは俺なのに、いきなりどうした？」

「いえ。もしかしたら、言われるまま甘えているので、狼さんが休みなく作業することになっているんじゃないかなって……。急に、心配になって」

勝手に思い悩んで肩を落としているようにしか見えない大和に、狼は「え？」と不思議そうに漏らした。

だが、カウンター越しで彼の手元は見えないが、すでに何かしらの用意を始めているのは動きでわかる。

すると、この様子に温かい茶を出してきた烏丸がクククッと笑う。

「そんな心配をしなくても、大丈夫ですよ。店主のご飯作りは、すでに趣味です。開店時に間に合わせる惣菜作りはいつものことですが、それ以外でも定期的に買っている料理本を見たり、お客さんから〝最近食べたこれが美味しかった〟と聞くと、試さずにはいられなくなるんです。なので、大和さんが来られても、来られなくても、店主は常に板場に立つか、食材集めに勤しんでいるかなので。ね、未来さん」

「だよね、からちゃん！　それに狼ちゃんは、大ちゃんにおいしいって食べてもらうのがすっごく嬉しいんだよ。だからいつでも〝お腹減った〜〟って食べにきて。狼ちゃん、すっごくおいしいご飯を出すからね」

一緒になって未来まで「ねー」と笑っている。

「おいおい。そんなことを言って、大和が期待したら困るだろう。確かに食うには困らないと思うが、この時間は本当にあるものしか出せないんだぞ」

狼は大和の前と板場の奥に設置してある囲炉裏《いろり》を行き来しながら、照れくさそうに尻尾を振っていた。

（――狼さん）

そして、今度はネガティブに考えすぎたことを反省し始めないように――とでも思ったのか、すぐに本日のお任せ定食を出してくれた。

大和の前に出されたトレイの上には、おにぎりを主食としたランチセットが置かれている。

「な、本当にあり合わせだろう」

とはいえ、やや小ぶりに握られたおにぎりは、囲炉裏で焼かれて焦《こ》げ目のついたものに塩だけのもの、枝豆と砕かれたカリカリ梅と胡麻が混ぜられたものの三色にぎりだ。

これだけでも大和からすればご馳走《ちそう》なのに、別皿には同じ囲炉裏で焼かれた輪切りのナスと人参に、ししゃもが三匹盛られている。

また、枝豆を割ったようなかたちの三連小鉢には、わかめときゅうりの酢のもの、切り干し大根、キャベツの塩昆布漬け。

天然木のお椀《わん》には、ふわふわ卵とネギの味噌《みそ》汁がよそわれていた。

こうなると大和は反省も何もない。

手を拭いたおしぼりを置くと、早速箸《はし》を取る。

「こっ、これであり合わせだなんて、幸せすぎます！　僕は一度におにぎりを三種類も作れません！」

「大ちゃん、これ！　焼いたのには、お肉が入ってるよ。とろとろの四角いので、甘辛いの。おいしーよ」

先に食べて気に入っていたのか、未来が焼きおにぎりを勧めてくれた。

大和は手にした箸をいったん置くと、そのまま焼きおにぎりを掴む。

「とろける豚の角煮。そっ、そんな絶品がこの中に――」

中から煮汁が滲《にじ》んだのか、部分的に焼き色が濃い。

だが、炭火焼きでつけられたこの焦げ目は、これだけでも風味豊かで旨味が増す。

それが甘辛の豚の角煮と相まってとなったら、もはや美味しい以外に想像ができない。

大和の期待はすでにマックスだ。

「普段の作り置きが、わりとあっさりめだから、味噌と砂糖を足して煮込み直したものだ。味変？　リメイク？　とかってやつだぞ」

「そうなんですね。もう、聞いてるだけで、美味しいです。いただきます！」

勝手に上げられたハードルに不安を覚えたのか、狼が補足をするが、大和にすれば逆効果だった。

（そのままでも美味しい狼さんのあっさり醤油出汁《だし》の豚の角煮が、追い味噌と砂糖で甘辛！　なんて労働男子の味方なんだ‼　いつもなら最後まで取っておくところだけど、今日は未来くん一推《お》しだからな）

「いただきます！」

早速角煮入りの焼きおにぎりをパクッと頬張った。

中には濃いめに味がつけられた、ジューシーな角煮がゴロンと入っているが、しっかり握った上に焼かれていたので崩《くず》れることもない。

角煮自体も本当にトロトロで、なんら抵抗なくスッと噛めたので、手から零れる心配もないまま大和は最初の一口から綺麗にモグモグ、ゴクンとできた。

（おっ、おいひーっ！　ちょっと焦げたご飯に箸でも切れるくらい煮込まれた豚の角煮が甘辛くて。しかも、口の中でとろける～っ。これはもう飲み物～っ。こんなに美味しいおにぎり初めて食べるよ。これだけ何個も食べたくなる！　でもな――）

あっという間に、二口、三口とぱくついて食べ終わった。

だが、いったんおしぼりを手にするも、大和の視線はすでに次なるターゲットへ向けられている。

（立派に育ったししゃもがこんがり焼かれて、こっちも美味いぞ、全身メイラード反応で香ばしさと旨味が増し増しだぞって言いたげな目で、僕を見てる。誘ってくる！　いや、もう、落ち着け、僕！）

箸を持ち直す数秒さえも、ニヤニヤしたり、へらへらしたりで忙しい。

しかし、そんな大和を見ながら狼は満足そうに尻尾をフリフリ、烏丸と未来は目と目を合わせてにんまりだ。

（とりあえず、お茶を一口。インパクト大だった焼きおにぎりをリセット。次は、香ばしい焼きししゃもを。うわっ！　ほんのり塩に炭の香ばしさがたまらない。そこへ切り干し大根。これがいつもより甘めに煮られていて、舌にも心にも優しい味だ～っ。狼さん、最高！）

箸も口も止まらないので黙々と食べているが、大和の脳内では湧き起こる感激と感想でいっぱいだ。

端《はた》から見たら百面相に近いものがあるが、いずれも〝美味しい顔〟なので害はない。

それにしても今日はいつも以上に表情が豊かだったのか、隣でジッと見ていた未来が「ぷっ」と噴きそうになって、両手で口元を押さえた。

しかし、大和はそれさえ気づかないでいる。

(でもって、酢のもの。きゅうりの歯応えに程よい酸味が口内をさっぱりリセットしてくれる。そうしたら、このまま混ぜおにぎりへいっちゃおうかな)

今一度箸を置くと、今度は彩《いろど》りのよいおにぎりに手を伸ばした。

(枝豆とカリカリ梅って初めてかも――――ん!?　主導権は梅味なのかと思ったら、胡麻が負けてない。胡麻で梅の酸味というか、香りも抑えられていて、これまた程よい。酸っぱすぎなくて食べやすい上に、カリカリ食感がいい！　しかも、枝豆の甘さとホクホクがあとから来る感じ？　彩りも綺麗で、美味しいなんて、狼さん天才！　あ、お味噌汁飲もう～っと)

これも三口程度で食べ終えると、大和はおしぼりで手を拭いてからお椀を取った。

(あ～、ホッとする。昆布出汁が利いて、ネギが甘い。卵もふわふわ～っ)

もはや一人だけお花畑へでも行ってしまったような、満たされた笑顔だ。

だが、半分ほど飲んだところで、大和はお椀を置いた。

箸の先が再びししゃもと焼き野菜の皿へ向かう。

（そしたら今度は焼き野菜を食べつつ——あ、これは焼いてあるだけだ。でも、野菜本来の旨味と甘みを感じるし、このあとにししゃもを食べると、さっきよりも塩気がはっきりとわかる。でもって、この口のまま最後の塩おにぎりを食べると——）

そうして皿や小鉢を次々と空《から》にしていき、あとは塩おにぎりとキャベツの塩昆布漬け、半分取っておいた味噌汁だ。

（美味しい！　これ、何もついてない白米におにぎりだった。けど、おかずと一緒に食べるのには最高！　キャベツの塩昆布漬けやお味噌汁とも相性バッチリだ！　お米が美味いっ）

こうして、ひたすら無言で食べ続けた大和は、箸を置いたところで両手を合わせた。

「ご馳走様でした。今日もとても美味しかったです‼」

「それはよかった」

皿やお椀に何一つ残すことなく、本日も綺麗に完食をした。

「わ～っ、早い！　大ちゃん、全部食べちゃった」

「うん。全部美味しかったよ。また、角煮のおにぎりから食べたいくらい」

「わかるーっ！　未来も、もう一個ほしいって思った！　でも、もう一個食べたら、ぷちんってするプリンが食べられないから我慢したの」

「それはすごい我慢だったんだね」

「うん」

大和は未来と話しながら、ズボンのポケットから財布を取り出した。

小銭入れの部分には、未来との出会いのきっかけとなった赤いリボンがついた五円玉の他に何枚かの硬貨が入っている。

この五円玉を避けて五百円玉を取り出すと、大和は新しいお茶を持ってきてくれた烏丸に、「先にこれを」と手渡した。

「いつもありがとうございます」

「こちらこそ」

だが、こんなやりとりをしている間にも、狼は大和の前からトレイをカウンター内に下げて、代わりに手作りのカスタードプリンと葡萄《ぶどう》と桃が盛られたデザートプレートを出してきた。

ここで食べる〝本日のお任せ定食〟は、何がどう出てきても一食五百円。

それも店で買ったらけっこうな値段になる、そもそも仕入れ値からして決して安くはないとわかっている有機食材――この場合は狭間世界に自生する自然食材になるが、これらがふんだんに使われているのに、このお値打ち価格だ。

入社二年目の大和が躊躇《ためら》いなく通えてしまうのは、ここを知るまで無趣味で貯金があったこと以上に、間違いなくこの良心的な価格のおかげだ。

しかも、最近では三度に一度は〝子守のお礼〟や〝お土産《みやげ》のお礼〟、また〝実家から送られてきた野菜のお裾分けのお礼に〟と称されて、ご馳走になってしまっている。

おかげで通い始めてから三ヶ月になるが、月の食費が増えてもお小遣いの範囲だ。

それで心にも身体にもよい食事ができるのだから、大和にとっては美味しいばかりの〝飯の友〟だ。

「あ、ご馳走様と言われたから下げてしまったが、本当におかわりはよかったのか？　角煮にぎりなら、炙《あぶ》るだけですぐに出せたぞ」

――と、ここで狼がハッとしたように聞いてきた。

「はい。デザートもありますし、丁度よかったです」

未来ではないが、もともと大食漢というわけでもない大和からすれば、狼の盛りつけはいつも満腹手前で丁度いい。

むしろ、これからたっぷりフルーツとプリンでランチを締めることを考えたら、欲を出さなかったのは正解だ。

大和はもう一度「いただきます」と呟きながら、まずはプリンからいただいた。

未来が今にも「おいしい？」と聞いてきそうな目で見てくる。

当然答えは「うん！」しかない。

しかも、烏丸が新しく出してくれたのは、和紅茶だった。

パッと色だけ見たときには、麦茶かほうじ茶だと思っていたが、濃厚なカスタードプリンだけでなく、桃や葡萄とも相性がいい。

こちらのプレートもあっという間に完食だ。

「これで午後からの仕事も、頑張れます」

「それは何よりだ」

「本当に美味しかったです。いきなり来たのに、こんなに作っていただいて」

「作っては大げさだって。惣菜は定番の作り置きだし、焼き物は焼いただけ。混ぜにぎりにしても、具材は朝から用意してあったものだからな」

「謙遜《けんそん》しないでください。僕にとってはご馳走だし、狼さんは天才です！」

言いきる大和に狼は終始照れくさそうにしていたが、感情メーターでもある彼の尻尾はビュンビュン振られて、耳までピコピコしている。

「あ、そうだ。大ちゃん。今度のお休みはいつ？　みんなでモーモー温泉に行こうよ！」

するとここで、思いついたように未来が言ってきた。

カウンターに手を置き、身を寄せてくる。

「モーモー温泉？　それって前に行った牧場主のモーじいさんがやってる温泉？」

「うん。牧場の側にあるの。コーヒー牛乳が美味しいよ！　いっぱいお風呂に入ってぽかぽかになったら、冷たいのをぐび～って飲むの！　お弁当を食べる用のお家《うち》もあって、楽しいんだよ～っ」

未来の説明は銭湯か、日帰り温泉施設のようだった。

もしくは、海の家のような感じだろうか？

泊まりという説明が出てこないので、温泉旅館ではなさそうだ。

それに、その牧場なら大和も未来と一緒に、ミルクをもらいに行ったことがある。

そのときは狼が大量に作った肉じゃがとの物々交換だったが、大和は乳搾りを手伝ったことで、雌牛や牧場主のモーじいさんからたいそう気に入られた。

とはいえ、今度は温泉だ。

普通に想像するなら、狭間世界の公衆浴場ということになる。

「そこは――、僕が行っても平気なの？」

大和は一応、確認をした。

すでにこちらの運動会を見学したことがあるが、念のためだ。

「平気だよ！　温泉はみんなの温泉だから。前に未来が行ったときには、リスさんみたいな小さいお友達から、熊さんみたいな大きいお友達も来てた」

「お、大きいお友達も……、そう」

未来の言う「みんな」には、人間も含まれているようだが、変化しない獣《けもの》も含まれているので、若干《じゃっかん》ビビった。

真冬の山奥で、野生の猿や熊が一緒に温泉へ入る姿はネットやテレビなどで見た記憶はあるが、そこへオオカミや人間までもが混浴しているのは、さすがに見たことがない。

しかも、熊ならまだしも、いきなりサメやワニが入ってきても不思議がないのが、この分類度外視《どがいし》な狭間世界だ。

そう考えると、尚のこと想像がつかない。

仮に想像しても、わけのわからない絵面《えづら》だ。

「――あ。でも、そうしたら僕以外の人間が来ることもあるのかな？　いまだに会ったことがないけど、いるにはいるんですもんね。他にも狭間世界へ出入りしている人が」

ただ、あれこれ考えるうちに、大和には期待と不安が入り交じった好奇心が起こった。

「それに、モーモー牧場や温泉があるのは、多分人間界でいうところの明治公園《めいじこうえん》あたりだし。ここや代々木公園《よよぎこうえん》に人間界と行き来ができる扉がある、門番というか、その管理人というかがいるってことは、明治公園にもありそうだし」

大和が知る限りだが、人間界と狭間世界を行き来する〝扉〟と呼ばれる出入り口は、意図して人目についても違和感がないような緑豊かな公園に設置されている。

たとえば狼や常連客たちがご新規さんを同伴して中へ招き入れる分には、問題なく入れるようだが、それでも本人が異世界とは知らずに来た場合だ。

異世界だと知った瞬間から、その人間はある意味この狭間世界から次があるかどうかを判断される。

招かれざる者となった場合は記憶が消され、本人には何もわからなくなる。

しかし、大和のように記憶が消えることなく、その後も自由に出入りを許される者には、もともとこの扉に合い、使える〝鍵〟と呼ばれる何かがあるらしい。

ただ、それがどういうものなのかは、狼たちにも正確な説明ができないようで――。

目に見えるものではないし、鍵のあるなしや、使える使えないを判断するのが扉なのか、この狭間世界そのものなのか――いまだ謎な部分は多い。

ただ大和自身は、この世界にとって安全だと判断されたか、もしくは相性みたいなものがあるのか。それを扉に対して「鍵」と呼んでいるのかなと考えているが――。

いずれにしても、この世界へ訪れているのが自分だけではない。

他の人間もいることは聞いていたので、もしかして公衆浴場ならばったり会うことも？と、思いついたのだ。

「そうだな。モーモー温泉には、いろんなところから人も狭間の住民も集まるから。タイミングがよければ、会うかもしれないな」

「あ、でも店主。モーじいさんの鍵の方とは、会わないほうが大和さんのためなのでは？私も鴉たちから話を聞いただけなので、なんともですが……。背中に絵の描かれた御仁《ごじん》が、感涙しながら通っているという話ですし」

ただ、狼は笑って返してきたが、烏丸はそうではなかった。

大和の笑顔が、一瞬にして凍りつく。

「――背中に絵？　それって刺青《いれずみ》ってことですか？　もしかしたら、兄貴さんと同じご職業の方とか？」

「おそらく。ただ、モーじいさんと鍵が合って、純粋に温泉を堪能して喜んでいるんだとは思いますが。ほら、ずいぶん前から人間界の公衆浴場からは、ごく一部を除いて締め出しを食らっているでしょう」

さすがは歌舞伎町という歓楽街を含めた新宿鳥内会を仕切る会長だ。

多方面に対して情報通である。

「……なるほど。個人差とはいえ、〝温泉好き繋がり〟みたいな鍵の合い方もあるんですね」

大和は、少し複雑な心境になった。

しかし、つい先ほどシガレットケースから煮干しを取り出した兄貴を見ていたからか、気合の入った温泉好きヤクザなおじさんを想像してしまう。

これで動物たちと仲良く一緒に入浴となったら、ある意味メルヘン。

湯上がりにコーヒー牛乳で乾杯まで想像したら、完璧な異世界ファンタジーだ。

（こういう方向の想像でいいんだろうか？　ちょっと違う？）

それでもここは狭間世界、大和たち人間が作ったルールは無用な異世界だ。

郷《ごう》に入《い》っては郷に従えの言葉のとおり、大和はこの世界にいるときは、ここのルールやしきたりに沿うことこそが、鍵の一部でもあるような気がした。

（ちょっと怖いけど、会えたらいいなと思うから、不思議だな）

――などと思い、微笑《ほほえ》んでいると、ポケットに入れたスマートフォンのアラームが鳴った。

昼休みとはいえ、五分前には店内に戻っていたいので、余裕を持って十分前で設定をしている。

「あ、すみません。そろそろ仕事へ戻る時間なので」

「えーっ。もぉ、行っちゃうの？」

滞在時間を考えると四十五分程度だった。

だが、店から完全に離れているからか、仕事のことはまったく考えていない。

可愛いと美味しい、そして癒しで満たされた。

これこそが休憩によるリフレッシュだ。

「仕事が終わったら、また来るよ。今日は早番だし、急に残業が入ったとしても、そこまで遅くなることはないはずだから」

「わーい！　よかった」

そうして大和は席を立つと、最後に座敷のベビーサークルを覗いて、永と劫にも挨拶《あいさつ》をしてから店を出た。

やけに静かだと思えば、永と劫は大の字になって昼寝の真っ只中。

頭上では鴉が一羽、大和を見てなんだか楽しそうに「カー」と鳴いていた。

2

「ただいま戻りました」


大和が店のロッカールームへ入ると、これから休憩を取る副店長・海堂《かいどう》がいた。

彼は三十代半ばの既婚男性で、まだ手のかかる小さい子供が三人いる。

大柄かつ筋肉質で、学生時代から趣味で続けているという空手の黒帯有段者。

短髪がよく似合う熱血体育会系であり、いずれはここの店長になる予定の先輩上司だ。

「おう、大和か。お前が一人で昼休憩で外へ行くなんて、珍しいな」

「はい。気分転換になるかなと思って、行ってみました」

「そうか。その顔ってことは、大成功みたいだな」

「おかげさまで」

当たり障《さわ》りのない話をしながら、大和はロッカーからエプロンを取り出し、代わりにスマートフォンをしまって鍵をかけた。

海堂も自分のロッカー前に立って、扉を開けている。

「――で、飯は美味かったか？」

「はい」

「何を食ってきたんだ？」

「お任せだったんですけど、甘辛味噌味の角煮が入った焼きおにぎりが、すごく美味しかったです」

大和は聞かれるまま、ちょっと自慢するように言ってしまった。

自分でも顔がにやけているのがわかるほど、やはり今日の焼きおにぎりは格別だった。お腹が空《す》いていたところへ、ガツンと来る最初の一口だったので、余計に印象に残っていたのもある。

「うわっ、聞いただけで美味そうだな。おにぎりってことは、和食か――。それってどこだ？　今から行ってみるから、教えてくれよ。用心深い大和が選んでる店ってことは、そうとう近いんだよな」

すると、海堂が店の所在を聞いてきた。

大和は（しまった！）と思う。

「……っ、説明が悪くてすみません。実は食べに行ってきたのは、友人の家だったので」

「友人の家？」

「はい。すごく料理好きで、いつもたくさん作るんです。もちろん、材料費とかは払ってますけど……。それで、今日も行ってみただけなので」

どうにかこうにか取り繕うも、大和はうまく躱《かわ》せているかどうかが心配だった。

ただ、当の海堂は残念そうに「なんだ、友人宅か」と言いつつも、外したエプロンの代わりにランチバッグを取り出した。

(ん⁉)

何か変だ。

「あ、もしかして以前迷子になった豆柴の飼い主とか?」

海堂はそのまま会話を続けたが、大和は少し混乱していた。

そこへズバリと言い当てられたものだから、尚更ビックリだ。

「え！　どうしてわかるんですか⁉」

「いや、大和の口から友人の話って、何度も聞いたことがなかったし。中でも迷子の豆柴をみんなで探したのは、印象深かったから」

「……あ、はい。確かに」

言われてみれば、納得ができた。

就職で上京した大和には、普段から行き来をしたり、頻繁《ひんぱん》に連絡を取り合うような学生時代の友人が近くにはいない。

それで仕事以外は用もなかったので、頼まれるままシフトチェンジや休日出勤をしていた。

しかし、そんな大和が、あるときを境に、頼まれごとを断るようになった。

未来や狼たちと知り合い、狭間世界へ行くようになったからだ。

それを職場では「友人との約束があるので」などと説明していたので、わかりやすいと言えばわかりやすい話だ。

だが、こうなるとわからないのは、海堂の言動だ。

「でも、そっか。店じゃないなら、確かに紹介してくれって、無理があるもんな」

「あの、でも。その手に持っているものって、お弁当ですよね？　それなのに外へ食べに行こうとしたんですか？　もしかして、間違えて空を持ってきてしまったとか、そういうことですか？」

大和に思いつく理由は、せいぜいこの程度だ。

しかし、これに海堂は不満そうな表情を見せる。

「独り身のお前にはわからないかもしれないが、たまには違う味も欲しくなるんだよ」

「……す、すみません」

確かにそう言われたら、そういう気分のときもあるだろう。

そこは否定できない。

どんなに家庭の味がいいと言っても、だからこそその外食で気分転換もある。

「食い物一つ取っても、お前は自由でいいよな。けど、ここのところ豆柴の家に通いすぎじゃないか？」

「え？」

「けっこうな頻度で行ってるんだろう。仕事前にも後にも、休みは泊まりで――なんて話も、深森にしてたもんな」

「……」

ただ、だからといって、こうまで嫌みっぽく言われなければいけないことだろうか？

彼のお弁当がどうこうよりも、いきなり個人の交友関係について絡まれた気がして、大和は戸惑った。

「けど、いくらマンションの部屋では飼えないからって、ペットカフェのノリで通うのはどうなんだ？　挙げ句に飯まで食わせてもらうって、相手も迷惑なんじゃないのか？　依存になってもしんどいぞ。ほどほどに――」

「お昼、お昼、お昼～っ」

すると、ここで勢いよく扉が開いた。

「！」

「……」

「あ、すみません。なんか、マズかったですか？」

入ってきたのは、配達を終えて昼休憩になった藤ヶ崎だった。

大和と海堂が同時に振り返ったので、本人もたじろいでいる。

「いや。ちょっと昼飯の話をしてただけだ。な、大和」

「は、はい」

それでも彼のおかげで、場の空気が変わった。

海堂も言いすぎを自覚したのか、一瞬前のピリピリとした感じはなくなった。

というよりも、大和からすると、うやむやになったというのが正しい。

「わかった。海堂さんの愛妻弁当自慢でしょう！　本当、毎日作ってもらえていいですよね～。俺も早く結婚したいな～。でも、その前にはせっせと働いて、金貯めないと。ランチ代も馬鹿にならないから、俺も明日から弁当作ってこようかな。白米にふりかけでも昼なら乗り切れそうだし」

「そしたらこれ、食うか？」

すると、話を盛り上げるつもりで発したのだろう藤ヶ崎に、海堂が自分のランチバッグを差し向けた。

「はい？」

「これから買いに行くんだろう。俺はなんか、今日は惣菜コーナーの気分だからさ」

当然、そんなつもりで言ったわけでもなかっただろう藤ヶ崎はビックリしていたが、海堂のほうは打って変わって満面の笑みだ。

遠慮するなとばかりに、ランチバッグを藤ヶ崎に持たせる。

「えっ！　いいんですか⁉　ってか、そしたら、せめて惣菜代の半分ぐらいは俺が」

「その気持ちだけでいいよ。お前がそういう気を回せるようになったってわかっただけでも、贈呈のしがいがあるからな」

「あ、あざーすっ」

あまりに海堂の機嫌がいいので、藤ヶ崎もここは素直に受け取った。

むしろこうなれば、「一食分浮いた。ラッキー」だ。

部屋を出ていく海堂に代わるように、今度は深森が入ってくる。

藤ヶ崎がランチバッグを手に長テーブルへ向かう。

「——え？　何がどうしたの？　海堂さんが自慢の愛妻弁当をあげちゃうって、これから台風でも来るの？　シーズン中とはいえ、今度は何号？」

深森が大和の側まで来ると、そっと訊ねる。

「さすがにそれは——。今日は食で気分を変えたいらしいから」

「気分を変える？　なんかミスでもしたのかしら？　もしくは、言いがかりとしか思えないようなクレームを受けたとか？」

「どうかな？　そういうふうではなかった気がするけど」

「え〜？　意味不明」

彼女はどうしても納得のいく理由が欲しいようだ。

しかし、言い換えるならば、それほど海堂は他の妻帯者と比べて、普段から愛妻自慢をしているということだ。

特に、昼夜問わず持参しているお弁当に関しては、大和も幾度となく自慢をされたが、まったく嫌なものではなかった。

激務な海堂が嬉しそうにしているのは、大和にとっても喜ばしく思えたからだ。

「わ！　すごい。見てくださいよ。これって、おにぎらずとかってやつですよね？」

――と、急に藤ヶ崎が大和と深森を呼んだ。

「わ！　すごい。美味しそう」

「本当だ。おにぎらずだ」

テーブル上では、ランチバッグから出された弁当籠の蓋が外されていた。

英字新聞柄のワックスペーパーが敷かれたところへ、一枚海苔でご飯と複数の具材を包み、それを固定するようにラップで巻いて半分にカットしたおにぎらずが収められている。

まるで和製サンドイッチのようだ。

握るわけではないので「おにぎらず」の名称で呼ばれているが、中に野菜とチーズにハンバーグといった、複数のおかずが入っている。

半分カットで六個入りだが、実際に食べたらボリュームもありそうだ。

何より容器から詰め方まですべてがお洒落で、それがいっそう美味しさを演出している。

「しかも、映え映えな彩りですよ。お昼代が浮いた上に、こんなお洒落ランチにありつけるなんて、超ラッキーです。せっかくだから、写真撮っておこうっと」

思いがけないランチを前に、藤ヶ崎が大はしゃぎだった。

席を立つと、自分のロッカーからマイボトルとスマートフォンを取り出して、早速撮影をしている。

「いただきまーす！　美味いっ！」

しかし、これを見た深森は、首を傾げている。

「え～。クレームじゃないなら、今日に限ってよっぽど苦手なおかずでも入ってるのかと思ったら、めちゃくちゃ美味しそうだよ。パッと見、海堂さんが好きそうな具ばっかりだし。気分転換の方向間違えてない？　それとも、中身を知らなかったのかな？」

「――どうなんだろう？」

「まさかだけど、実は夫婦喧嘩中？」

とうとうよからぬ想像までし始めた。

「そしたらお弁当自体、作らないんじゃない？　もしくは、ネットでたまに見る復讐弁当にしちゃうとか？」

「そっか〜。そしたら本当に、ただの気分ってことかな。まあ、これはこれで愛妻弁当自慢はできているしね。私たちも大感動してるわけだし」

「確かにね」

それでも、自らも感動した事実にこの話のオチを見出すと、深森はようやく納得ができたようだ。

大和も心からホッとする。

壁にかかる時計にも目がいった。

「あ、ごめん。時間だから店内に戻るね」

「はーい。いってらっしゃーい。って！　私もお惣菜コーナーでランチを買うんだった」

大和が急いで出ていくと、深森も慌ててロッカーから財布を出した。

今度は昼食を買って戻った海堂と入れ違うようにして、惣菜コーナーへと向かっていった。


営業時間の前後に一時間ずつ準備と片づけのある〝自然力〟新宿御苑前店は、朝の八時出勤の早番と、午後一時出勤の遅番の二交代勤務制だ。

ただ、買い物客でレジが混み合うなどすると、早番はパートの補助などで、三十分から一時間程度の残業をすることがある。

そして今日はその早番。

大和は一時間ほど残業をしてから、バックヤードへ移動した。

タイムカードを押すために、事務所へ入る。

「お疲れ様です」

「あ、大和。もう上がりか」

「はい。それは――、新しいフェアですか？」

中でコピーを取っていたのは、惣菜部の部長をしている男性社員。

大和が声をかけると、刷ったばかりのコピー用紙を手渡してきた。

「そうそう。一推しフェアの第二弾をすることにしたんだ。明日のミーティングで詳しいことを報告するが、今度の一推しはおにぎりだ」

「一推しおにぎりですか？」

「おう。いや〜、これもまた盛り上がること請け合いだろう。なんせ、おにぎりだぞ。国民食だ。夕飯よりはランチメインの売りになりそうだが。みんなからどんな推しが出てくるかが、個人的には楽しみでさ。じゃ、お疲れさん」

そうして取り終えたコピー用紙と原稿を手にして、惣菜部長は現場へ戻っていった。

その姿を見送ると、大和も手渡された用紙を見ながら、ロッカールームへ移動する。

（うわ～。はりきってるな。この前の唐揚げフェアが好成績だったから、勢いが落ちないうちに第二弾ってことなんだろうな）

途中ですれ違った従業員に会釈をしながらも、刷られた募集内容に目を通す。

ロッカールームへ入る。

（でも、うちの惣菜コーナーでおにぎりフェアって、いけるのかな？　有機米って、有機小麦より稀少で高価だし。店頭に出すときには、一キロ千円以上は普通にする）

しかし、いざ自分のロッカー前に立つと、大和は鍵を開けつつ、肝心な米の価格を心配し始めた。

近年、健康ブームの後押しもあり、減農薬やオーガニックを売りにする国産米も増えてきたが、それでも総生産量からすれば微々たるものだ。

特に国が認定する国産有機米は、科学的な農薬を絶った土作りから始まり、実際に出荷できるまでにかかる手間やコストは通常のものとは比較にならない。

現在、惣菜部で売られている有機玄米のおにぎりも白米の塩むすびが、税込で一つ百七十円。

中に入る具によっては、二百円から三百円と、なかなか高価だ。

（それでも、オーガニックチキンに比べたら、まだ安い？　そもそも普段から割高な有機食材を購入しているお客さんたちだから、そこまで気にしない？　なんにしても、やるとなったら全力だからな。今なら断然、僕の推しおにぎりは、甘辛味噌味の豚角煮入りだ。焼きまでしたら、手間もかかるだろうけど。思い出しただけで、食べたくなる！）

大和は、新たなフェアについて考えつつも、帰り支度を整えると、通用口へ向かった。

今夜はこれから〝飯の友〟。

夕飯は本日のお任せ定食一択だ。

〝けど、いくらマンションの部屋では飼えないからって、ペットカフェのノリで通うのはどうなんだ？　挙げ句に飯まで食わせてもらうって、相手も迷惑なんじゃないのか？〟

しかし、こんなときに限って、海堂から言われたことが頭をよぎる。

〝依存になってもしんどいぞ。ほどほどに――〟

思いがけないことを言われた驚きもさることながら、改めて思い起こすと意味深だ。

（――）

未来とも約束をしているし、店へ行かない選択はないのに、どうしても足が重くなってしまった。

＊　＊　＊

残業を入れても六時過ぎには店を出たというのに、大和は旧・新宿門衛所を通るも、すぐには〝飯の友〟の暖簾をくぐることができなかった。

だからといって、店の脇で膝《ひざ》を抱えてるのもなんだが――。

（きつい言葉だな、とは思ったけど。店じゃなくて一般家庭にお邪魔して食事をって聞いたら、そりゃ迷惑だろうって考えるのが普通だよな。特に、家庭を持っている海堂さんなら、どんなに相手が料理好きと聞いても、実際は大変だ。手間のかかる子供と仔犬の差こそあれど、その世話をしながら家事ってなったら、独身のお前には想像もつかない大変さがあるんだぞ――って。注意をされても、ごもっともですとしか言いようがない）

大和は言われたことの意味を探りながら、まずは事実を整理し反省をした。

確かに今日の海堂は、虫の居所が悪かったのか、とても嫌みっぽかった。

あんな態度を取られるのは、オープン仕事で疲れが溜まって、機嫌が悪かったとき以来だ。

ただ今回は、〝飯の友〟にしても友人の存在にしても、大和が取ってつけたような設定で説明していることには間違いがない。

海堂は、それを信じて話を返してきているのだから、多少の呆《あき》れや注意が入ったところで仕方がない部分もある。

こんなことなら「仕出し専門の店なので、ごめんなさい」くらいの機転を利かせていれば、「なんだ、それで食いには行けないのか」「しょっちゅう行くのも、売り上げ協力だったのか」で、食事絡みに関してては納得してもらえたはずだ。

そこへ「それで仔犬たちの世話も手伝ってるんですよ」なら、まさに完璧だ。

大和が通うことで、友人の助けになっているとわかれば、海堂なら「ああ、なるほど。そういう理由もあったのか」と言うだろう。

仮にそこから、「だったら一度、その仕出しを頼んでみたいな」などと言われることがあっても、そこは狼に直接相談してから答えればいいだけだ。

「今度聞いてみますね」で、今日の話は終わる。

とはいえ、今夜の大和が店にも入らず、近くで膝を抱えた理由は他にある。

（でも、依存って言われたら、ぐうの音《ね》も出ないのは確かだよな。〝飯の友〟を知ってからの僕は、仕事前も仕事後も時間さえあれば行っている。休みの日なんか、前日から泊まり込みだし、今日なんかとうとう昼休憩もだ。僕はもはや、〝飯の友〟なしではいられないところまできているのかもしれない）

――で、それの何が悪いんだ？

面と向かってそう聞かれたら、いいも悪いもない話だと、思えるかもしれない。

すっかり気に入って通ってはいるが、それだけだ。

少なくとも、他人に迷惑はかけていない。

ただ、言葉の持つ印象は大きいもので、大和は「依存」と言われたことが、引っかかっていた。

〇〇依存症などという病名につくような言葉だけに、自分が悪いほうへ向かっているような気持ちになってしまったのだ。

「――大和さん？　どうされたんですか。こんなところで」

（っ！）

すると、店の中から烏丸が出てきて、塞ぎ込む大和に声をかけてきた。

近くの木には鴉がとまっており、「ちょっと見てやって」とでも言いたげに「カー」と鳴いている。

「――ひどい顔色ですよ。まさか、また職場で理不尽なことを言われたか、されてしまったんですか⁉」

「え？」

だが、顔色までは自覚がなかった大和からすれば、そう言われたことに驚いた。

普段から冷静な烏丸に慌てられたものだから尚更だ。

「――なんだと⁉　それは本当か！」

「えええっ！　〝自然力〟ってめちゃくちゃコンプライアンスには目を光らせているって聞いてるのに、それは上に隠れてってこと？」

「遠慮せずに言ってみな、大和くん。誰に何をされたんだ？　なんなら俺から白兼《しろがね》専務にチクってやるし。それは言えない、無理って言うなら、せめて相手だけでも教えてくれたら、素敵に化かして仕返ししてやるから！」

聞き耳でも立てていたのか、雪平鍋《ゆきひら》を手に狼が、そしてビールジョッキや焼き鳥を手に鼓《つづみ》と狸里《まみさと》までもが現れたときには、かえって「ひっ」と悲鳴が漏れそうになった。

しかも、そこへ未来と本体姿の永と劫までもが駆けつけて、

「うむむっ。大ちゃんに意地悪とか許せない！　今すぐ小鳥さんたちにやっつけてもらおう！」

「あんあんっ」

「きゅおんっ」

耳や尻尾を立てて吠《ほ》えたものだから、周囲の木にとまっていた小鳥たちが「ピッ！」と応えて一斉に羽を広げる。

「そうしたら、お前も」

そこへ烏丸が、大和の凹《へこ》みを報告しただろう鴉に指示を出したものだから、大きく翼を広げて——。

「いや、ちょっと待って！　話が一気に転がりすぎです！　大ごとにしないでください、大丈夫です。僕が勝手に考え込んでしまっただけなので！　ストップ、ストップ！　小鳥さんたちも鴉さんもストップ！」

大和はかつてないほど焦《あせ》って立ち上がり、まずは両手を掲げて飛び立つ寸前の小鳥と鴉を止めた。

すると小鳥たちはピタッと動きを止めて、翼をたたんでくれる。

ちょっとホッとした。

「未来くんも永ちゃん、劫くんも。皆さんも、僕は大丈夫ですから、落ち着いてください。この状況に比べたら、なんてこともないので！」

そして、改めて自分で口にしてみると、（本当だよ。何を悩んでたんだか）と実感する。

同時に、どれほど彼らから気にかけられているのかも身に沁みる。

「本当？　大ちゃん」

「うん。本当だよ」

感謝を込めて微笑み、頭を撫でたところで、未来と永と劫は安堵した。

「本当か？」

「我々に気を遣って隠してないですか？」

「正直に話していいんだよ、大和くん！」

（え⁉）

しかし、見ればいささか頬が赤くなっている狼や、すでに真っ赤になっている鼓と狸里は、これではすんなりと納得をしない。

すでに気分よく酔っ払っていたのは見てわかるが、狼まで一緒になってとは珍しい。

かえって、何かあったのかと心配になる。

「とにかく、中へ。僕もお腹が空いているので、続きは食べながら」

大和は足元にいた永と劫を抱き上げると、まずは片手に抱えた。

そして残りの片手で未来と手を繋《つな》ぐと、狼たちを「ささ」と促《うなが》しながら、店へ入った。


十分後――。

時計の針は七時を回っていた。

大和は、いつになく早めに来ていた狸里たちの座敷に同席し、隣には未来を、そして胡座《あぐら》をかいた足の上には永と劫を乗せて説明を終えた。

その上で、狼まで飲んでいたのが気になり確認をしたが、

「たまには、一杯くらい付き合ってくださいよ。せっかく今日は早上がりで、超機嫌がいいんですから～っ」

「飲んじゃえ飲んじゃえ！　俺の奢《おご》りだ～」

どうやら営業先からの直帰で、五時半にはここへ来た二人が勢いのままビールに酎ハイをお代わり。

すぐに酔って、浮かれて、勧めたらしい。

「たまには、いただいたらいかがですか」

その上、烏丸にまで勧められたので、グラスに一杯だけもらった。

しかし、その程度だったこともあり、大和からオーダーを受けたときには、酔いも覚めたのか、狼はせっせと定食を用意し始める。

また、すぐに落ち着いた烏丸も、カウンター席と座敷の間に立つと、接客がてら大和の話を聞いてくれた。

「なるほど――。そういうわけでしたか。私たちに気を遣っていただいたことで、話が拗《こじ》れてしまったんですね。申し訳ありません」

「いえ。僕の説明の仕方が悪かったんです。あと、相手の虫の居所も悪かったみたいで。店でか家でかはわからないですけど、きっと何かあったんだと思います」

大和は足に乗せた永と劫の頭を撫でながら、話を続ける。

テーブル中央には狸里たちが頼んでいたホッケの干物やイカの刺身といった一品料理が並ぶ。

また、大和の前にも「一緒にどうぞ」とグラスにビールが注《そそ》がれ、お通しとして出された大根おろしのキノコ和えや取り皿が置かれていた。

狼がたまに出してくれるこのお通しは、何種類もの茹でたキノコと大根おろしが三杯酢で和えられ、冷やされたもの。食べる直前に旨味三昧をひとふり、お醤油をひとたらしして食べるのが、とても美味しいひと品だ。

口当たりがさっぱりしていて、大和も気に入っている。

「それに、最近毎日に近いかたちで、ここでお世話になっているのは事実です。相手は、どうしたんだこいつ？　ってなってるのかもしれないし。ほら、僕自身にはわからなくても、他人の目から見たらってことがあるじゃないですか」

大和は、ありがたくビールから一口頂戴し、彼らに自分が一番凹んでいたことについて、説明をした。

「うーん。それを言うなら、ここへ来始めた当時に比べて、ものすごく覇気《はき》があって、顔色もよくなったと思うけど」

「だよね――。多分、その人。日々元気になっている今の大和くんが、羨《うらや》ましいだけじゃないかな？　その、独身にはわからないどうこうっていうのにも、関係してる気がするけど。普通に考えたときに、既婚者と独身者の生活基準が違うのは当然のことだ。むしろ、そこを覚悟してするのが結婚でしょう」

すると、大和がここへ来た初日から同席している鼓と狸里が、顔を見合わせながら意見をくれた。

話の内容を理解しているのかどうかは別として、隣では未来が、足の上では永と劫が、うんうんと頷き、相槌《あいづち》を打っている。

「あとは、他に喩《たと》える言葉を知らなかっただけではないですか？　もちろん、相手の方はこちらの状況を知りませんから、人間社会だけで考えるなら、そうした言い回しになるのかもしれないですが」

そこへ烏丸が、人間の言葉やニュアンスは難しいので――と、一応海堂側にも悪気はなかったのでは？　と言って庇《かば》うことで、大和自身を慰《なぐさ》めようとしてくれた。

しかも、これを聞いた狸里が、狼に視線をやると、

「そうそう。まさか、その仔犬の飼い主自身が、尻尾振って大和くんが来るのを、今か今かと待っているとは、想像もできないだろうからさ」

「ん⁉」

大和が「ちょっ、なんてことを！」と、慌てるようなことを言い放った。

「いやだって、実際そうでしょう。俺から見ても、大和くん以上に〝美味しい美味しい〟って全身で訴《うった》えながら、店主のご飯を食べる人はいないし。もちろん、俺たちも負けないくらい店主のご飯が好きでここにいるけど、大和くんの素直な美味しいには、敵う気がしないからさ～」

「うんうん。大ちゃんのおいしいお顔は、未来もみんなも大好きだよ。だから、作った狼ちゃんは、一番大好きだし、嬉しいと思う！　ね、狼ちゃん。今日は二回も大好きで嬉し

いよね！」

「まあ、な」

言い方はどうかと思うが、間違ってはいないらしい。

未来にまで名指しにされると、狼も照れくさそうに返事をした。

そして、「できたぞ」と烏丸を呼ぶ。

「人間って難しいというか、厄介ですよね。ただ、他人にこの状況を理解してもらうのは難しいことだと思いますが。大和さん自身は、実家に来てご飯を食べて、食費を入れている感覚でいいんじゃないですか？」

用意された大和のお任せ定食を受け取りに、烏丸がカウンターの側へ寄る。

「実家に？」

「はい。そもそも我々は獣です。人間のように、そんな深いことまで考えません。大和さんが来てくれたら嬉しいか、姿が見えないと寂しい。その二択しかないんですよ。それこそ未来さんたちからしたら、早く帰ってこないかな――と、主《あるじ》を待つペットと心境は変わりません。だって、他人から見たらペットでも、本人からしたら家族同然っていうのは、人間界でもあることでしょう」

「あ……」

大和と話を続けながらも、両手にトレイを持つと座敷まで運んでくれる。

「ちなみに私はラッキー、子守の手が増えた。しかも、家にお金まで入れてくれるなんて、なんていい家族が増えたんだろうって思ってますよ」

「烏丸さん」

もとの姿、嘴《くちばし》のせいで、こうして人間に変化をしても口角を上げて笑うのが苦手だという烏丸だが、その気遣いある言葉と優しい眼差しだけで、彼が笑顔なのは充分伝わる。

しかも「家族」という、思ってもみなかった言葉に、大和は本当にものは考え方なのだなと実感した。

依存と言われて戸惑ったが、自分が来るのを今か今かと待ってくれている未来たちのことを思えば、自然と足が向くのは当然だ。

それこそ今の大和からすれば、毎日自宅から職場へ行くのと同じくらい、自然で当然のことなのだから――。

「ありがとうございます。そうか、そう思えばいいんですね。なんか、勝手にくよくよしちゃって、ごめんなさい」

一緒に食卓を囲む〝飯の友〟

ここに集《つど》う友や仲間は、家族と同意語なのだ。

何を出され、何を食べても美味しいのは確かだが――。

ただ、大和にとっては彼らが一緒にいる場で食べるからこそ、心から美味しい、楽しいに繋がる。

「よしよし。もう、気にしないんだよ。今夜は俺が奢るから。いっぱい食べて、いっぱい飲んで、明日も元気に働こうね！」

「そうそう。かんぱ～いっ」

「ありがとうございます」

大和は、酔いも手伝いノリノリになっている狸里たちから、更にビールを勧められると、グラスを合わせて一口飲んだ。

しかし、その視線はすぐに烏丸が前に置いてくれた、今夜のお任せ定食に向けられる。

「わ！　筍《たけのこ》入りのレバニラ炒《いた》めに、皮がムチムチしていて焼き目もバッチリな羽根つき餃子《ぎょうざ》。野菜たっぷりの春雨《はるさめ》スープにザーサイまで。今夜は中華なんですね。いただきます！」

大和は合掌《がっしょう》をすると、早速箸と白米が盛られた茶碗を手にして、レバニラ炒めに目をやった。

いつもなら一品一品ゆっくり味わい堪能するところだが、この並びはガツガツ、モリモリとかき込みたくなる。

だが、その前に大和は、一個だけ不格好に包まれた餃子が気になった。

よく見るヒダがついた三日月型の餃子が六個並んだ中に、具が飛び出しそうになっているものがあったからだ。

「これは、未来くん？」

「わ！　大当たり‼」

思いつくまま聞いてみると、未来が両手を挙げて、双眸《そうぼう》を輝かせた。

「すごい、大ちゃん！　未来、大ちゃんがおいしいねって、してくれるかな～って思って、お手伝いをしたんだよ。あ、ちゃんと手も洗ったよ！」

「本当！　未来くん、すごい。ありがとう。これから食べていい？　あ、やっぱり最後の楽しみに取っておこうかな」

思いがけない理由で迷う。

頭の中では、迷い箸などはしたないとわかっているのに、食べる順で葛藤《かっとう》してしまう。

「あつあつ、はふはふ、おいしいよ」

「あ、そうだよね。そうしたら、一緒についてるタレで――」

しかし、未来にクスクス笑われたことで、大和は最初に未来が包んだ餃子から食べることにした。

せっかく狼がここまでかたちを維持して焼いてくれたのだから、自分も零すことなく食べきろうと慎重に運ぶ。

（あっひーっ！）

だが、ひと口でいったせいもあるが、それ以上に口へ入れた瞬間に肉汁がぶわっと溢れて、内心悲鳴が上がった。

未来が「あつあつ」だと言ったのだから、熱いのは当然なのだが――。

皮も手作りなのだろう。普段、よく食べる市販のものより厚みがあり、もちもちしていて美味しいのだが、これは餃子のかたちをした小籠包《しょうろんぽう》？　となったのだ。

「おいしい？」

口内では熱いと美味しいが真っ向勝負をしていたが、大和は未来に向かって「うんうん」と頷くことで返事をした。

「わーい。やった～っ」

これに未来が喜ぶと、永と劫まで前脚をパタパタ、一緒になって喜んでいる。

（熱いっ、熱いっ、熱いっ。でも、粗挽き豚肉にシャキシャキ野菜、鶏出汁が相まって、美味しい～っ。ニンニクは入ってないみたいだけど、韮《にら》が入っているから風味もあって。それに、このもっちりした厚手の皮がタレに合ってて、やっぱり狼さんは天才だ！）

まだ飲み込めないので、大和は狼に向かってもアイコンタクト。

顔芸かと思うような笑みを浮かべてから、ゴクリと飲み込んだ。

口内に味が残っているうちに、いつもより多めに白米を勢いよく頬張っていく。

噛んだ米が飲み込まれていくところまで合わせて、もはや快感だ。

（うわわわっ！　幸せすぎる！）

箸が進むまま、大和は筍入りのレバニラ炒めで、更にご飯をモリモリと食べていく。

「あ！　店主。俺もそろそろ定食を！」

「俺もお願いしま～す」

大和の食べっぷりに感化されたのか、狸里と鼓も定食を頼んだ。

カウンターの中では、狼が「了解」と言って、耳をピコピコさせている。

作る者も食べる者も、そして運ぶ者もこれらを見ているだけの者も満面の笑みだ。

大和はこの状態を改めて実感すると、箸を握りしめながら呟いた。

「僕、なんて馬鹿だったんだろう。こんなに楽しくて、美味しかったら、誰だって毎日来たい、食べたいって思うのは当然なのに」

「そうそう。食うに関しては、依存じゃなくて本能だから。確かに未来くんたちを撫で回す姿は、すでに〝ヤバい奴〟感が漂《ただよ》ってるけどさ！」

するとグラスに入ったビールを飲み干しながら、狸里が言った。

「依存じゃなくて――、本能ですか」

「うん。生きるための本能。ただし、そこに目でも楽しむ、より美味しく食べるっていう意識を持って、調理に工夫《くふう》を生み出してきたのは、人間ならではの欲と知恵かなって俺は思うけどね」

「人間ならではの調理と工夫」

やはり、進化の過程で道具や火を使うことを得たのが大きいのだろうか？

大和はしみじみと卓上の料理を眺《なが》める。

そちらに気を取られて、すでに未来たちに対しては〝ヤバい奴〟に見えていると言われたことは、耳にも入っていない。

「確かに。俺たち獣は火を通したり、切って味をつけたり。ましてや盛りつけたりなんかしないですもんね」

「そう考えたら、店主は本当に頑張ってますよね。いつも美味しい食事をありがとうございます！」

そうして巡《めぐ》りに巡って、狸里は両手を挙げて狼に感謝を伝えた。

「おいおい。そんなことを言われたら、つまみの一つもサービスしないといけなくなるじゃないか」

その後は二人分のお任せ定食と共に、狼から柚子塩麹《ゆずしおこうじ》で和《あ》えられたイカの塩辛がサービスで出される。

「やった！」

「まいったな〜。これは、日本酒が欲しくなってきた。店主、一本だけお願いします」

「了解」

大和は、そういえば、自分の母親が新鮮なイカを捌《さば》くときに、一緒に塩辛を仕込んでいたな――と、思い出す。

刺身にしたイカの身から残った端と頭にゲソ、これに塩とワタを混ぜただけのシンプルなものだが、これが白米にも茶漬けにも合う飯の友なのだ。

あとは、おやつとしてホクホクに焼かれたジャガイモにバター。これに味変で塩辛を足して食べるのも、最近では口にしていない懐かしい味の一つだ。

今なら酒のつまみにも合いそうだ。

次に来たときにでも、狼に話してみようか――と思う。

（囲炉裏で焼いたジャガイモに、モーじいさんのところのバター。そして、狼さんの塩辛とか、最高そう。それに、おそらく塩を柚子塩麹に置き換えて作ってあるこれは初めて食べるけど、ほんのり柚子の香りに麹の甘みが足されて絶品！　めちゃくちゃ立派な一品料理だよ～っ）

それにしても、今夜はどれを取っても白米が進むおかずばかりだ。

大和は隣で口を「あーん」と開ける未来に、ときおりおかずを差し出しながら、ご飯もおかわりをしてモリモリ食べた。

そうして今夜も完食。

大和が箸を置いて「ご馳走様」をしたときだ。

「あ、えっちゃんとごうちゃん。大ちゃんの足で寝ちゃった～」

すっかり食べるのに夢中になっていて気づかなかったが、永と劫はそれぞれが左右の太股を枕に、クークー寝息を立てていた。

「本当だ。可愛い」

お腹も心も満たされる。

「大和さん。こちらへ」

「あ、はい」

大和は烏丸に声をかけられ、そうっと一匹ずつ手渡した。

烏丸は中に座布団が敷かれたベビーサークルへ、順番に寝かせていく。

（ああ――。人間誰でも自分に必要な場所って、こうして気負うことなく安らげるところなんだろうな）

温もりをなくした足は少し寂しかったが、そこはすぐに「今度は未来の番！」と言って、乗ってきた。

「こら、未来！」

「そうだ、大ちゃん。次のお休み！　みんなでモーモー温泉！　狸《まみ》ちゃんたちも一緒に行こうよ！　こんちゃんも誘って！」

カウンターの中から狼が叱《しか》ろうとするも、当の本人はどこ吹く風だ。

（未来くんってば）

そうしてそこからは、狸里たちも交えて、次の休みの話になった。

こうなると、大和と狸里たちの休みが合うか否かという話になってくるが、ここは運よく重なった。

大和が月曜と火曜の二連休で、月曜が狸里たちが取っていた代休だったからだ。

「ラッキー。これぞ、変則休みの同業者ってところだな」

「ですね！」

「そしたら来週の月曜は、みんなでモーモー温泉に決まり！　やった〜っ」

こうしてモーモー温泉へ行く日時が決まった。

大和は明日から当日までの四日間、また気持ちよく仕事に勤しめそうだった。

3

翌日の木曜から日曜までの四日間、大和のシフトは急な変更が入らない限り、八時から十七時までの早番出勤だった。

「おはようございます」

「おはよう」

「みんな、集まって。朝のミーティングを始めます」

「はい！」

九時開店までの一時間は、どこの部署も慌ただしい。

それでも十五分前には、いったん出勤している社員やパート、アルバイトたち全員が事務所前に集まり、簡単な朝礼が行われる。

挨拶と進行は、店長の白兼と海堂が中心となって進め、彼らを中心に半円を描くように各部署の部長や大和たちが並び、その背後にパートやアルバイトが立つ。

だが、全体への発表や告知がある部長は、最初から店長の隣にいることがあり、今朝は惣菜部長だ。

「おはようございます」

「おはようございます！」

「本日は惣菜部から報告があります。一推しフェアの第二弾が決定したので、皆さんにもご協力を願いたいそうです。では、部長」

「はい」

挨拶のあとに、惣菜部長へ話を渡した白兼は、この新店舗オープンに合わせて来ているが、いずれは海堂に任せて本店へ戻る本社専務だ。

四十になるかならないかとは思えないほど若々しくて、清潔感のあるスレンダーなインテリイケメン。その上、独身貴族とあって、当店の女性社員はもとより女性客にも大人気だ。

同性の目から見ても華があり、何より従業員の一人一人を常に気にかけ、聞く耳を持って接してくれる頼りがいのある存在だ。

大和は新人研修の時代から直接教育を受けており、彼と一緒にこの〝自然力〟を立ち上げた社長と共に、とても尊敬している。

（昨日のコピーのやつだ）

惣菜部長が資料を手に一歩前へ出た。

大和は先に聞いていたこともあり、身構える。

「店長からも紹介をいただきましたが、内容は前回の唐揚げの一推しトッピング第二弾です。今回はおにぎりの具材やアレンジ系で、その推しＰＯＰを募集します。レシピつきも大歓迎です。ただし、店内に置いていない具材を使用するものは、前もって知らせてください」

静まりかえるバックヤードに、部長の説明だけが響く。

しかし、今にも「おおっ」と、どよめきが起こりそうな気配だけは感じる。

大和から見ても、内心「やった！」と喜ぶ者たちが、かなりいそうだ。

「お礼は前回と同じく売り物になりますが、推していただいたおにぎりを主食としたディナーパックを二人前で。皆さん、ふるってご参加いただけましたら幸いです。詳細プリントは、あとで各部とロッカールームに配布しておきますので、よろしくお願いします」

惣菜部長の簡潔だがノリのいい口調での報告が終わり、従業員たちがざわついた。

「ディナーパック二人前！」

「それは、ちょっとした外食気分が家で味わえるな」

自分の一推しおにぎりを奨《すす》めるＰＯＰ募集とはいえ、ここは手製になるため、自宅で作業となったらそれ相応の手間がかかる。

その上、こうしたことには得手不得手もあるだろうを前提にしているので、参加自体は個人の自由だ。

それもあり、お礼は気持ちだけ——という感じになっている。

それでも買えば一パック千円はくだらない夕飯用のお弁当が二人前だ。

ざわつきから、従業員たちの盛り上がりがわかる。

「でも、おにぎりか——。これはまた広範囲だな。全国にご当地系がある主食だし」

「確か農林水産省《のうりんすいさんしょう》のホームページにも、各地の名物おにぎり紹介コーナーみたいなのがあったしね」

「ところでお稲荷《いなり》さんって、おにぎりに入るの？」

すると、周りの会話に目を輝かせていた藤ヶ崎が、謎な質問を口にした。

これには大和だけでなく、白兼や惣菜部長たちも驚いて視線を向ける。

「稲荷はお寿司でしょう」

「けど、コンビニとかで稲荷のおにぎりって売ってなかったっけ？」

「それはパッケージや棚が一緒だから、そう思い込んでるんじゃない？」

聞かれた周りも真摯《しんし》に応えているが、かなり首を傾げている。

「いや、おにぎり系稲荷寿司みたいなものが、あるにはあるよ。でも、結局は寿司だ」

「そしたら稲荷の油揚げを具にしたら、おにぎりの仲間に入れるってことか？」

「そこまで好きなら、素直に稲荷一推しでいいんじゃないの？」

「待って。そうしたら更に範囲が広がる。なんとか稲荷やなんとか海苔巻きまで加わったら、惣菜部のパートさんたちがぶち切れるって」

「あ、そうか」

そうして意見が出尽くしたところで、惣菜部長が堪えきれずに噴き出した。

話の流れから、まずは手応えを確認したかったのだろう。「おしゃべりはあとにしろ」とは言わずに聞いていたようだが、実際は「油揚げを具にしたら」のあたりから、かなり肩が震えていた。

そしてそれは白兼や海堂たち、また大和も同じだ。

「部長。これはもう、第三弾をするときには、稲荷と巻き寿司で決まりじゃないですか？」

「確かに！」

「サンドイッチもお忘れなく〜っ」

「熾烈《しれつ》な推しの戦いが、まだまだ続くわね」

この分ではしばらく一推しフェアが続き、当店舗に定着していきそうだ。

（可笑《おか》しい。みんな、ノリがよすぎる。しかも、こうなったら、炭水化物が変わるだけで、中の具が被りまくるところまで想像できて、笑いが……っ）

それでもこの場の雰囲気はとてもよかった。

自然な笑いが全体に起こり、朝からいい調子だ。

他に話をする部長がいなかったこともあり、今度は別のアルバイトが手を上げる。

「質問してもいいですか！」

「はい」

「自分の推しは、すでに惣菜部で売られている紅鮭一択なんですけど、この場合はどうしたらいいですか？」

これはこれで気合の入った質問だった。

テーマがおにぎりだけに、自分の中ではすでにこれが不動の一番という具材が決まっていても不思議はない。

大和も先日の角煮おにぎりを食べるまでは、実家でよく食べていたネギ味噌を具に醤油タレをつけて焼いたおにぎりだった。

また、外で買うなら焼きたらこか鮭が定番だ。

「ＰＯＰ上に紅鮭を熱く語っていただけたら、それでＯＫです」

「他と被りませんか？」

「是非、推し同士で盛り上がって、いっそう推し上げてください」

「わかりました！」

「あ、私もいいですか？」

「はい」

大和が自分の推しおにぎりを再確認していると、部長へ質問は更に続く。

今度は惣菜部にいるパートさんだ。

「中の具材によっては販売価格が上がってしまう気がするんですけど、そこは気にしたほうがいいですよね？　さすがにおにぎりで一個三百円超えとかは躊躇いそうですし」

「逆に、今回限りの限定高級おにぎりとかなら、好奇心で買うかもよ」

「あ！　言葉の魔法〝本日限定〟作戦か」

しかし、これは部長が何かを言う前に、同僚のパートさんが答えたことで、すぐに解決しそうだ。

「うーん。そうだな。確かに具材によっては、価格が動くね。けど、これに関しては、こちらで検討、調整するので、まずは何も気にせず好きなものを推してもらえるほうがいいかな」

「わかりました」

（そんな作戦名を勝手につけてたんだっ！　初めて聞いたよっ）

大和は、こうした状況にパート内で作戦名があったことに驚いていたが、惣菜部長は知っていたのか、これらにもそつなく答えている。

また、ここで時計を気にした白兼がスッと手を上げた。

「いずれにしても、惣菜部のフェアではあるが、唐揚げのときはオーガニックチキンそのものの味が見直されて、精肉部の売り上げが伸びた。今回はおにぎりということで、米と具材の両方から、いろんな食材をアピールできると思うんだ。なので、各自できるだけでいいので、協力をお願いします。この〝自然力〟そのものの後押しをしていただけたら嬉しいです」

彼の口から前回のフェア結果と、それによる相乗効果を改めて報告された。

また、唐揚げは主菜だったが、おにぎりは主食に主菜、また副菜なども一緒に摂れる一品だということも強調されたからだろうか、

「そうしたら、各部でも〝一推しおにぎりの具〟なんて札が立てられるな」

「それはいいな。加工品も扱っているわけだし」

「具の素材売りってかたちでもありだ。何にしても、これは一緒になって騒《さわ》げる」

精肉、鮮魚、生鮮の部長たちが声を上げた。

（確かに！　そうしたかたちで盛り上げるのもありだ。というか、僕も有機玄米の推しコーナーを作らなきゃ。市販の常温食品にも、そのまま具になるものは多いんだから、惣菜部と一緒に盛り上がらなきゃ）

これには大和もそっと握りこぶしを作って「よし！」だった。

「――ということで、今朝はここまで。一日、よろしくお願いします」

「はい！」

こうして朝礼を終えると、一斉に持ち場へ戻っていった。

大和も早速フェア期間に合わせて、コーナー作りをするために必要な在庫があるかどうかの確認をしに向かう。

「これは、ナイスタイミングですね。海堂さん」

「ん？」

すると、大和の一歩前にいた海堂に、藤ヶ崎が話しかけた。

「海堂さんは当然、奥さんのおにぎらず推しですよね！　あれ、めっちゃ美味しかったですよ！」

「──っ。そうか」

「海堂さんの愛妻弁当、おにぎり版。奥さんにレシピを聞いてこないと、ですね」

「あ、ああ」

（ん？）

藤ヶ崎は勢いのまま話していたが、海堂の反応は何か妙だった。

ただ、あえて「どうしました？」と聞くほどでもなく、大和はそのまま持ち場の棚へ向かった。

店内で一推しおにぎりフェアのPOP募集がされた木曜から、大和の早番が終わる今日、日曜までは、あっという間のことだった。

今回は前もって開催期間が決まっており、次の週末から一週間ほど続く。

そのため推しPOPの〆切にもまだ余裕があり、各部署での備えにも時間が取れた。

あれから三日間は各部署から「うちはこんなふうに便乗していくことにします」といった報告がされて、大和も「お米自体もコーナーを作って、自宅でマイ米《まい》おにぎりフェアを推奨します！」と宣言。

今どきどんなダジャレだよ――とからかわれたが、店内一丸となって一推しフェアを盛り上げようとなった。

（在庫の調整はできたし、コーナーのイメージもできた。あとは推しPOPになるけど、これはやっぱり角煮を推したいから、狼さんにきちんとレシピを聞こう――。という名目もつけて、今日は久しぶりにランチタイムも行っちゃおう。さすがにここのところは忙しくて、夜しか行けてなかったし）

そうして迎えた昼休憩、大和は〝飯の友〟へ行こうと決めた。

「それでは食事に行ってきます」

「なんだ？　今日は外か。また例の友人宅か？」

すると、丁度ロッカールームを出たところで海堂と鉢合わせをしたので、大和は声をかけた。

どうも食事絡み、それも友人宅へ行くと察すると不機嫌になる。

普段はそんなことはないのに――、大和にとっては謎が深まるばかりだ。

「はい。先日、海堂さんに言われたこともっともだなと感じたので、改めて友人に相談したんです。そうしたら、実家みたいなものなんだから気にするなって。むしろ、僕の食べっぷりが嬉しいし、食材費ももらってるんだから変な遠慮はしなくていいって言ってもらえて」

それでも、相手への迷惑を心配されていることも考えて、大和は話を続けた。

単なる友人であるというより、家族に近い間柄だということも強調する。

「あとは、先日作ってもらった角煮のおにぎりが本当に美味しかったので、今日はＰＯＰ作りにレシピも聞いてこようかなって」

狼のもとへ通うことが、仕事に活《い》かされていることまでニッコリと笑って伝えた。

これなら「なんだそうなのか」で、海堂なら納得すると思ったからだ。

「あのな、大和。遊びに来てるんじゃないんだぞ。休憩とはいえ、何かがあれば即対応しなきゃならないんだ。できるだけここで食えよ。少しは周りに気を遣えって。そうでなくても、レジのフォローだってある店内商品担当の社員なんだから」

「――!?」

しかし、海堂からは想像もしていなかった辛辣《しんらつ》な言葉が返された。

唐突すぎて、大和は一瞬息を呑む以外、何もできない。

ただ、これを聞いていたのか、

「海堂！」

いつになく怒気《どき》を含んだ声で呼ぶと、白兼が側へ寄ってきた。

「今どきは、そういうのもパワハラになるって話は、研修のたびに教えてるだろう」

「っ‼　店長」

これには海堂自身だけではなく、大和も驚く。

突然自分が怒られたことと同じくらいに、そもそも海堂の様子がおかしいほうに気を取られていたので、この状況では何が一番問題なのかが理解できていなかったからだ。

海堂も白兼に言われたことで、ハッとしている。

「いいよ、大和。外に食べに行って。そもそも自宅が徒歩十分以内ってところで、いつでも食べに帰れるのに。最近までずっと気を遣って、店内待機しながら食べてくれていたことは、わかってるから」

白兼は、途端に俯いた海堂の前で、大和には食事へ行くことを促した。

「ただ、早急の確認事項ができたときには、電話をさせてもらうことになるし、もちろん戻り時間に遅刻はなし。けど、ここさえ守ってもらえれば、基本は食事休憩をどこで取っても自由だし、これは勤める側の権利だから。ね、海堂」

「――はい。すみませんでした」

「そうしたら、これで」

しかし、大和に対しては話を終わらせたが、海堂にはいったんロッカールームへ入るように視線を送った。

他の従業員たちと違い、海堂には次期店長という立場がある。

それだけに、コンプライアンスに関しては厳しかった。白兼自身も常に注意をしているからだ。

「待ってください！」

だが、ここで大和は二人のあとを追って、ロッカールームへ入った。

「その、一つだけ聞かせてください。僕、海堂さんに行きつけの店を紹介できなかったこと以外で、何か気に障ることをしましたか？　食事休憩をどうこうって話は、あまりに突然すぎる気がして」

中は三人だけだったこともあり、海堂に改めて疑問をぶつけた。

一方的に言いがかりをつけられた感は否めないが、それでも自分にまったく原因がないとは言いきれないと思ったからだ。

「……」

「すみません。僕が知らないうちに海堂さんに失礼をしたか、仕事でミスをしているのに気づきもしないで、休み時間だからって浮かれていたなら謝ります。きちんと直しますので、どうか言ってください」

ただ、面と向かって理由を聞くも、海堂は「いや」「その」など、歯切れの悪い物言いしかしなかった。

むしろばつが悪そうに、視線を逸らす。

「どうなんだ？　海堂」

それでもこの場には白兼がいる。

事の発端が海堂のコンプライアンスに対する意識の甘さなのか、大和に対しての個人的な不満なのかは、知っておきたかったのだろう。

ここは、はっきりさせたほうが——と、海堂に返答を促した。

「……っ！」

するど、いきなり海堂が大きな身体を折って、深々と頭を下げた。

「ご、ごめん！　大和に悪いことは何一つない。ただの八つ当たりだ。それも、本当に情けない理由での」

「八つ当たり？」

「情けない理由？」

さすがに大和も白兼も想像さえしていなかった謝罪、そして言い訳だけに、余計に困惑をした。

だが、ここまで来たら、大本の理由や原因が知りたいと思うのは人の性《さが》だ。

大和は白兼と共に、海堂からもう少しわかりやすく説明してもらうことになった。


ここのところ、ストレスが溜まって限界を超えていたという海堂が、「実は――」と説明用にロッカーから取り出してきたのは、毎日持参しているランチバッグだった。

しかも、いったん長テーブルに腰を落ち着けると、海堂は中身を取り出して、大和たちに見せてくれる。

――が、今日のも見た目から美味しそうな、おにぎらずだ。

先日見たものとは中の具が違っているようだが、それにしてもこれがストレスと言われても、最初は理解に苦しんだ。

「え？　ってことは、自分は毎日持たされる弁当しか食べられないのに、好きなときに好きなものを食べに行ける大和が羨ましくなって、絡んだのか？　せめて食事休憩は店内に引き止めて、外食を邪魔しようと企《くわだ》てたってことで、合ってるか？」

そして、よくよく話を聞いても、やはり「ああ、なるほどね」とはならない。

ここは白兼も同様だったらしく、海堂の話を反復して確認するも、首を傾げている。

「企《たくら》んだわけじゃなくて、衝動です。大和個人に悪感情はありません。ただ、あのときは我慢の限界が来ていたので外で食べようと思い、行きつけの店を聞いたんです。それなら妻にも外食だったからと説明がしやすいし。なんなら持参の弁当を半分でも食べてもらえればとか――、そんな感じで。いろいろ考えていて」

海堂は、これだけは信じてほしいと、言い訳を続けた。

すでに説明とも呼べなくなってきたことから、日頃からクールでインテリジェントな白兼の眉間《みけん》にも、深い皺《しわ》が寄る。

先日自身が誤発注した大量のプリンを前にしても、こんなに理解不能だと苦しむような顔は、見せなかったのに――。

ある意味すごいことだなと、大和は感心してしまう。

「けど、大和が通っていたのは友人宅だと聞いて、予定というか、外食への期待が途端に崩壊《ほうかい》したような気になって。しかも、聞いただけでも美味そうな角煮のおにぎりの話をまた今日もされて。俺にこんな思いをさせながら、こいつはこれから食いに行くのかと思ったら、どこかで何かがプツンと――」

「……」

それでも海堂が言いたいことや、何がパワハラまがいの言葉に繋がったのかだけは、わかった。

それにもかかわらず、いまだに理解に苦しむのは、海堂自身が理解されるための言葉を発していないからだろう。

大和は意を決して背筋を伸ばした。

「あの……。失礼を承知でお聞きするんですけど、海堂さんの奥様って、致命的に料理の味が残念な方だったんですか？　普段から持参されているお弁当は、何度か拝見しましたけど、すごく美味しそうにしか見えません。それこそ今日のも、先日藤ヶ崎に渡していたのも、彩りがよくて。彼も美味しかったと言ってましたけど——。あれって、藤ヶ崎の味覚も残念ってことなんですか？　実は海堂さんはずっと我慢して、食べ続けてきたってことなんですか？」

自分の中では考えすぎかと思うような質問だったが、しかし「見た目はいいが、本当は味がすごいんだ」と言われなければ、海堂がここまでストレスを感じることと辻褄《つじつま》が合わなかった。

しかも、ここで海堂の弁当を食べたことがあるのは藤ヶ崎だけだ。

こうなると、彼には申し訳ないが味覚が残念という疑いをかけるしかなく——。

「いや、妻の名誉《めいよ》のためにも言うが、料理そのものは美味い。胃袋を掴まれて結婚したクチだし、これまでの食事や弁当には何一つ文句はない。ただ、ここ半月の朝昼でずっとおにぎらずが続いていて――。なんでも、子供に好き嫌いが出始めて。けど、これならバランスよく食べてくれるし、子供たちも気に入っているからって」

するとと海堂は、全力で否定をしてきた。

むしろ、それならもっと早く、そこから話してくださいよ――ということまで口にした。

「あ。ようは、食育《しょくいく》のために続いているこのおにぎりに飽《あ》きたってことか」

ようやく白兼も合点がいったようだ。

大和も隣で大きく頷く。

しかし、当の海堂は、首を振った。

「いいえ。よくある普通のおにぎりなら、毎日でもいいんです。ただ、このおにぎらずってかたちに入る、バランスのよいとされる何種類もの具材と調味料の混ざった味が、どうにも苦手で」

実は、ピンポイントでこれだけが無理なんだと、切なそうにお弁当を見た。

「かといって、家事と育児で大変なのもわかっているし、食育を兼ねてるのに父親が苦手とか無理とか言えない……。子供たちも、毎日パパと同じお昼ご飯だって喜んで頑張っているし。何より家計のやりくりのために、手間暇かけて作ってくれているお弁当をやめて、好きに買うとか外食にするからとは言い出せなくて――」

これればかりは、海堂にとっての不運が重なったとしか思えないが、大和も白兼も独身だ。仮に自分が海堂の立場だったら、どうだろうか？　と想像するが。

確かに、日頃から何かと頑張っているだろう奥さんに向かっては——言いづらい。

同時に、子供の好き嫌いをなくそうとしている時期に、大人の自分がアレルギーでもないのに——となれば、もっと言いづらいだろう。

そして、帰宅後に家族とのコミュニケーションを取る上で、同じお弁当を食べているという事実も、海堂にとっては不可欠なのだろう。

これはこれで八方塞がりというものだ。

「——申し訳ない！　本当にただの個人的なわがままだ。今、ずっとモヤモヤしていたものを口にしてみたが、自分でも情けないとしか言いようがない理由で、大和には当たってしまった」

端から見たら「そんなことで？」と言われても不思議がないことは、海堂が自覚をしている。

しかし、だからこそ、苦手だな——くらいから始まったものが我慢になり、ストレスにまでなってしまったのだろう。

「うーん。とりあえず、今日のランチは俺と一緒に海堂の好きなものでも食べようか。俺が誘って奢る分には、奥さんへの言い訳も利くだろう」

すると、ここで白兼が今日の昼ご飯に関しての提案をしてきた。

「え？　でも、弁当が……」

動揺する海堂を見た白兼が、視線を大和へ向けてくる。

「あ、僕がいただいてもいいなら、このまま友人宅に持っていきます。その、食べてみないことには、海堂さんの苦手も何もわからないし……。いいですか？」

大和は即座に答えを出した。

食のことだけに、こうなったら狼たちにも食べてもらい、何かいい方法を一緒に考えてもらおうと思ったからだ。

すると、海堂の表情がパッと明るくなる。

あまりにその顔が嬉しそうで、これを見た大和も、どれほど彼がおにぎらずの味にストレスを溜めてきたのかだけは、理解ができた。

「重ね重ね、申し訳ない！　食べてもまったく理解ができないかもしれないが、無駄にはしたくないので。よろしく頼む」

「はい。それでは遠慮なく、いただきます」

そうして少し時間が過ぎてしまったが、そこは白兼が「今から一時間でいいよ」と言ってくれたので、大和は安心して〝飯の友〟へ向かった。

手には海堂の弁当が入った、ランチバッグが握られていた。

＊　＊　＊

「は～。また、そんなことがあったのか。便利屋扱いがなくなって、すっかり円満な職場になってたのに。大和も難儀《なんぎ》してるな」

「――はい」

　弁当と事情を抱えてきた大和に対して、開口一番に同情を口にしたのは、キツネが変化した孤塚《こづか》という男だった。

　最近すれ違うことが多かったので、今日は久しぶりに会う。

「とはいえ。人間がややこしい感情の持ち主だってことは、毎晩接客している俺にもよーくわかる。でも、結局はよく寝て、よく食べて、ポジティブ思考でいるのが健康の秘訣《ひけつ》だ。大和の上司には悪いが、金にもならないことに巻き込まれても損しかない。更に面倒を見てくれる上役がいるなら、お前はこれまでどおりに仕事をこなしていくのが、一番のお手伝いだよ」

「そうします」

　狸里たちと同じで、生活の基盤を人間界に置く孤塚は、見た目年齢三十前後で歌舞伎町にある老舗《しにせ》ホストクラブのナンバーワンだ。

白のスーツにラメが輝く黒のシャツが定番で、ワックスで軽く跳《は》ねさせたド金髪に、イヤーカフス、チョーカーと、とにもかくにも派手なイケメンという印象しかない。

ただし、変化時は仕事柄もあってイケイケチャラチャラだが、妖力不足を起こしたり、また妖力をストックしているイヤーカフスが外れたりすると、通称〝こんちゃん〟と呼ばれる、永と劫ほどの省エネサイズになってしまう。

これがまた孤塚自身が嫌がるほど愛らしい幼狐姿で、最近の大和は隙《すき》あらばイヤーカフスを外そうかと目論《もくろ》んでしまうほどだ。

「――で、これがその問題の弁当か？」

「大ちゃん。これ、未来たちも食べていいの？　初めて見るかたちのおにぎりだよ」

それでも大和が弁当を開くと、狼や未来が好奇心いっぱいの目でこれを見てきた。

特に狼は興味津々《しんしん》なのか、耳がピコピコ、尻尾かブンブンしている。

ただ、この手のご飯は自分たちには回ってこないと察している永と劫は、座敷のサークル内で、ふて寝中だった。

今日は本体姿をしているが、大和が来る直前にミルクを飲んだばかりで、もう何も入らないくらいお腹がパンパンなのもある。

「あ、もちろん。できればみんなで食べて、感想をもらえたら嬉しいです」

「そうしたら、今日もお任せ定食が食べられるもんな」

「ははは っ。図星です。これはこれで、それはそれでという元気の素《もと》なので」

「大和さんってば。では、遠慮なくこちらも、本日のお任せ定食を出させていただきますね。丁度汁物なので、おにぎりにもバッチリだと思いますよ」

孤塚に図星を指されていると、カウンターの中からトレイを持った烏丸が、それを大和に出してくる。

「――わ！　薄切り豚とネギがたっぷりの肉うどん。汁の色からすると、関西風ですね。きんぴらごぼうにほうれん草の白和えまで」

うどんは乾麺の平打ちで、それだけにツルツルとして喉《のど》ごしがよさそうだ。

何より口に入れた瞬間の豚とネギのコラボが想像できて、今にも踊り出しそうになる。

しかも、カウンターの中からは、狼が更に別皿を追加してきて、

「おにぎりがあるから、どうかなとは思うが。稲荷寿司もあるから、食べられたら」

「ありがとうございます！　遠慮なく、いただきます」

大和は合掌すると、早速箸に手を伸ばした。

が、今日ばかりは、先にこちらだ。おにぎらずだ。

(やっぱり、最初の一口は空腹で――と)

一つを半分にカットしてあるそれが六つあったので、狼と未来、烏丸と孤塚の四人と一緒に、大和は示し合わせたようにパクリと頰張った。

「ん⁉」

「んん！」

その瞬間、狼と未来、そして孤塚の耳が一斉にピンと立つ。

そしてそのまま、モグモグと食べ続けて、ゴクリと飲み込む。

「え？　これの何が問題なんだ？　普通に食えるし美味いよな？」

すでにお任せ定食を食べ終えていたはずの孤塚が、本当に不思議そうに呟いた。

「はい。一口で肉に野菜に乳製品、炭水化物にミネラルが摂れるって素晴らしいと思います。もしかして、食べながら崩れるのかとも考えましたが、それもないですし。しいて言うなら、形状的にどうしてもお米が潰れる。普通のおにぎりのように、ふんわり包むのは厳しそうですが――。それでも、こういうものだと認識していただく分には、なんら問題はありません。美味しいです」

しかも、孤塚から問われた烏丸が、いつになく感想を口にした。

もちろん、そのために大和が持参したのだから、精一杯気づいたことを言ってくれたのだろうが、饒舌《じょうぜつ》だ。

見れば狼も未来も頷きながら、孤塚や烏丸に同意だ。

「うん！　おいしいよ。未来、ハムもレタスもチーズも好き！　でも、どうしてこれ、サンドイッチじゃないの？」

「おにぎりの進化形だから――、かな？」

そう言われてしまうと、よくわからない。

気がついたらインターネットで流行《はや》っていて、仕事で食材を検索していたときに、ついでにいろんな具材のおにぎらず画像を目にしたことくらいは覚えている。

大和が知っていたのは、この程度だ。

「アイデアは料理漫画？　しかし、広まったのは実際にいる料理家から？　本当のところはどうなんだろうな？　今はもう、一枚の海苔で包むものから、四つ折りにしていくものまである。しかも、こうなると中の具材は無限だな。薄焼き卵を海苔代わりにしたオムライス風もある」

するとすでに食べ終えたらしい狼が、孤塚からスマートフォンを借りて検索をしていた。

バッと見ただけでは、正確な歴史はわからないので、画面の記事を読み上げながら首を傾げる。

そして、ここは共有したかったのか、薄焼き卵のおにぎらずの画像を見せてきた。

「いや、もうそれはオムライスじゃね？」

「でも、かたちはおにぎらずだからな」

「結局、腹に入れば同じだろ」

「まあ、俺たちみたいな獣からすると、そうなるがな」

身も蓋もないことを言い続ける孤塚に苦笑をしながらも、最後は狼も同意をしていた。

大和もそれを見ながらクスッと笑う。

味見分の半個を食べ終えたこともあり、箸を手にしてそこからは肉うどんだ。

(うわ〜っ。お肉とネギとお出汁の味が口いっぱいに広がる。さっぱりジューシー。しかも、ツルツル〜っ)

食べやすさと喉ごしのよさもあり、ここからは黙々と食べ進める。

「それにしても、この場は全員一致で美味しいってことなので、かえって困りましたね。その上司さんの言う、無理とか限界がわかりません」

「こればかりは〝好み〟としか言いようがないからな。ただ、どんなに好きでも美味しくても、一週間続いたら飽きても不思議がない。それが苦手なものが半月だからな」

その間も烏丸と狼は、頭を抱える。

一つだけ残っていたおにぎらずは、狼が大和に「もらっていいか?」と確認してから、今一度じっくり味わいながら、気に入った様子で食べている。

自然と揺れる尻尾に嘘はない。

狼からしても、海堂の言う「混ざった味が苦手」というのが、わからないようだ。

しかし、これを見ていた孤塚が、食べ終えたトレイを烏丸に差し出しながら「あ!」と発した。

「地味にボディーブローを食らってる感じなのかもな。ちょっと先日の肉じゃが続きを思い出した。確かに美味かったし、味変もあって飽きるまでは感じなかったけど——。それでも最後のほうは、ジャガイモなしで頼めね？　って言いそうになった。抜いたところで何が変わるんだ？　って気はするが。そういう感覚に近い気がする」

これを聞いた狼の耳がピンと立つ。

「なるほど……。それは気づかなくてすまなかった」

「いや。続いたのには、明確な理由や目的があったから、そこはいいんだ。納得してる。けど、こういうところまで含めて、その上司の感じと似てないか？　ってことだよ」

思いがけないところで自分の料理を喩えに出された狼の耳と尻尾が、一瞬でへなっとした。流れ弾に当てられたのもいいところだ。

しかし、この喩えには烏丸も「あ、そう言われると」と、同意していた。

これには大和もハッとさせられる。

（海堂さんの感じと似てる——か）

孤塚が「ジャガイモなしで」を言わなかったのは、もともとの狼への感謝や気遣いもあるが、目的が明確な上に、そのときは今のように心情をうまく説明できなかったのだろう。

しかも、孤塚は他に好きなものが注文できるし、よそでの外食も自由だ。

そう考えると、たとえ孤塚の飽きた感覚と海堂の苦手な感覚が近くても、ここは似て非なるもの。

ストレスになるかならないかは、二人の持つ自由度の差なのかもしれない。

「いっそ、弁当だけでも自分で作る、子供の分までその上司が作る分には、奥さんもありがとー、助かるわーってことで、ウィンウィンにならないか？」

「そもそも上司の分だけ握らずに、普通に弁当箱に詰めてもらうじゃ駄目なのか？」

すると、ここで孤塚と狼がほぼ同時に大和に聞いてきた。

「それだと食育中の子供がパパと同じじゃないとか、自分もお弁当箱にしてとかって言い出して。結局、嫌いなものだけまた残すってことになるんじゃね？」

「しかし、それなら上司自身が好きに作ったところで、同じことになるぞ。子供はあの形状だから、今のところバランスよく食べてるんだろう？」

大和が返事をする間もなく、互いに答えを突きつけ、最後は同時に「あ」と呟く。

これはこれで気が合う二人だ。

「なら、子供たちに見られないように、上司さんの分だけ箱に詰めるのは……」

ここで烏丸が話に加わるが、ふと視線を感じたのか振り返る。

見れば、未来が無言でニコニコしており、これに烏丸は肩を落とす。

「難しそうですね。子供は意外と大人のすることを見てますものね」

やはり、八方塞がりだ。

大和はこの間に定食を食べ終え、合掌する。

「こうなったら、これからは一緒に食事、僕が用意したランチと海堂さんのお弁当をシェアするか、交換するかで、乗り切るのが一番なんですかね？　そういうことなら、奥様も気を悪くすることはないだろうし。子供と同じものを――っていうところも、クリアできる」

狼たちの話を聞きながら、大和はこれしかない！　とばかりに言い放った。

だが、当然これに耳をピンピンに立たせたのは、隣に座っていた未来だ。

「え！　大ちゃん、もうご飯食べに来てくれないの⁉　お昼に来ないの！」

尻尾をビュンビュン振って、「なんでなんで」「どうして」モード全開だ。

これに対して狼は「未来！」と呼んで注意をするが、孤塚や烏丸は顔を見合わせて、「こうなるよな」「ですよね」と、頷き合っている。

「それはないよ。海堂さんと時間が同じ休憩って、ほとんどないし――。あ、これじゃあ意味がないってことか。かといって、しらっとお弁当交換ができるくらいなら、もっと前から他の誰かとそうしていたはずだし」

そこへ大和が致命的なことに気がついた。

そもそも店内商品担当の社員は海堂に大和に深森の三人しかいない。

それを補助してくれるのが、店長の白兼だ。

パートやバイトはいるにしても、二交代勤務の中で常にフロアに社員がいる状態を維持するのだから、一緒に食事休憩を取ること自体が、シフト上難しい。だいたいがすれ違いだ。

今日の外食に至っても、白兼と海堂が店を出るのは、大和が戻ってからだろう。

「あっちゃ～っ」

ここへ来て大和は行き詰まる。

だが、そんな大和を見ながら、孤塚がフッと笑った。

まるで「相変わらず、お人好しだな」とでも言うように。

「ってか――。一番の問題は、その上司が妻子に対して気を遣いすぎている上に、嘘や誤魔化すのが下手っていうところなんじゃゃね？　そのくせ大和には八つ当たりできるっていうのが矛盾《むじゅん》してるが。自分の非を認めて、反省して謝ってきたというなら、単に甘えてたんだろうし」

「甘えですか？」

大和は少しキョトンとした。

いきなり切れられたのが〝相手からの甘え〟という発想は、自分にはなかったからだ。

「何を言ってもいい相手だとは思っていないが、気持ちのどこかで〝こいつなら許してくれる〟って枠には入ってるんじゃないか？　ただ、半月も口に合わないものを食べ続けて、ストレスがマックスだったところで、美味しい顔全開のご機嫌大和を目にしたら、衝動的に絡んでたって言うのは、わかる気がする」

ただ、日頃から人間観察を怠《おこた》ることがないと知っている孤塚から、こう言われると、そういう捉え方もあるのかと、素直に受け止められた。

「ただし、俺なら凹むと面倒なだけの相手に絡みたいとは思わないが、そういうことを考える余裕もなかったんだろうしな」

一言余計なのも、彼が大和自身のこともしっかり観て、また理解をしているからだ。

「――えっと。孤塚さんは僕の味方ですか？　海堂さんの味方ですか？」

「俺は俺だけの味方だ！」

「あ、はい。そうですか。わかりました」

それでも、余計な一言は、どこまでいっても余計だ。

大和は前触れなく手を伸ばすと、慣れた手つきで孤塚のカフスを外した。

そして、ポン！　と、省エネサイズになった孤塚をガシッと掴み、手にしたカフスを狼へ預けてから、ふふっと笑って膝の上へ抱えた。

「おまっ！　何すんだっ！」

「こんちゃんからなら何を言われても、可愛いな〜、いい子いい子でスルーできるので」

小さくなった孤塚なら、どんなに傍若無人《ぼうじゃくぶじん》にふるまわれたところで、大和は痛くも痒《かゆ》くもない。

ギャップ萌えしかないので、好きなように言わせて撫でまくるだけだ。

「だからって、抱っこはやめろよ！　未来も、怒れよ。大和に抱っこされたいのは、お前だろう」

「うーん。これは抱っこじゃなくて、お仕置きだから気にしな～い」

ここぞとばかりに未来を焚《た》きつけ、助けを求めるも、今日はまったく通じない。

未来は未来で学習をしているようだ。

「なんだと！」

「あ！　えっちゃんとごうちゃんが呼んでる～。大ちゃん、こんちゃんで遊んでてね」

「未来っ！」

未来はわざとらしく席を離れると、座敷のサークルへ向かった。

「やれやれ。余計なことまで言うから」

「大和さん。完全に孤塚さんのあしらい方を覚えましたからね」

この状態で狼と烏丸が助けてくれることはまずないので、孤塚は諦めてこんちゃんでいることにしたようだ。

どうせじきに食事休憩は終わる。

そこは大和も承知していたので、こんちゃんを抱えたまま振り返ると、座敷で永と劫を抱えた未来と笑い合う。

「大和さん。これを」

カウンターからトレイを片づけた烏丸が、デザートに串団子と日本茶を出してくれた。

しかも、その横にはすでに洗われ、綺麗にされた海堂の弁当籠が、ランチバッグに戻して置かれる。

「何から何まで、ありがとうございます」

「ご馳走様でしたとお伝えください」

「あ、そうだ大和。次は俺からお礼の弁当を用意するから、よかったら受け取ってほしいと伝えてくれ」

「え⁉　本当ですか」

しかも狼からは、海堂への言伝《ことづて》まで預かり、大和はいっそう歓喜した。

「ああ。大和には、手間をかけさせることになるがな」

「そんな、手間だなんて。ありがとうございます、狼さん。海堂さん、すごく喜ぶと思います」

(――やった！　〝飯の友〟のテイクアウトだ)

思いがけない申し出に上機嫌になると、大和は先にこんちゃんに串団子を差し出した。

こんちゃんが受け取ったところで、自分の分を口へ運ぶ。

「それにしても。先々のことまで考えたら、奥様に〝これは苦手なんだ〟と正直に伝えるのが、一番の得策ですよね？」

「そうだな。食育が絡むと言い出しにくいっていうのはわかるが、墓場まで待っていくような話ではない。何より、本人が音《ね》を上げるまでは頑張ったわけだし、弁当の形状を変えてほしいってだけだからな。ここは作り手に相談するのが――」

結局この話に関しては、烏丸や狼が言うように、海堂が家で正直に話すのが一番だ。

あとは「伝え方」だろう。

「でも、本題に入る前に。その奥さんから育児状況に関しての話を、一度じっくり聞いてみたほうがいいとは思うぞ。おそらく、これが続くと子供も好き嫌いを超えて、いずれはおにぎらずでも飽きることになるだろうし」

ただ、ここでこんちゃんが「待て待て」とばかりに、食べかけの串団子を掲《かか》げて言った。

「そもそもは、奥さんが食育で悩んだ結果がこれだし。そこをきちんと聞いて、話し合うだけでも、奥さんが抱え込んでいるかもしれない心の負担が変わる。結局、高い金を出してまで俺たちに愚痴《ぐち》る客って、必要な相手と必要な話ができていない場合がほとんどだからさ」

串団子片手だというのに、大和の膝の上で足を組む。

だが、仕草《しぐさ》こそホスト孤塚だが、姿はこんちゃんだ。

真面目な話とわかっていても、いちいち耳がピコピコ、もっふりした尻尾の先をふりふりされると、狼と烏丸のほうが噴き出しそうになる。

だが、大和はといえば、まったく動じない。

「聞いた上での話し合い——必要な相手と必要な話、ですか」

と、ここで大和のポケットから、アラーム音が聞こえてきた。

こんちゃんがビックリして、膝の上からずり落ちそうになったが、ここは大和がしっかり抱っこだ。

隣の席にこんちゃんを戻して、まずはスマートフォンのアラームを止めた。

それからカウンターチェアを下りる。

「今日は、いろいろとありがとうございました。ここでの話は、海堂さんにもしてみます。今夜も顔を出しますので、何か進展があれば、また報告させてください」

そうして軽く会釈をすると、大和は海堂のランチバッグを手に取った。

「あ、大ちゃん」

「ん？」

振り返ると、永と劫を抱えた未来が側へ寄ってくる。

「未来たち、そろそろ大ちゃんのところへお泊まりしたいな～。おばあちゃんにも会いたいな～と思って。今夜、駄目？」

「あんあ～ん」

「きゅお～ん」

未来がてへへっと上目遣いで言うと、これにつぶらな瞳をキラキラさせた永と劫が甘ったれた声で鳴く。

何やら作為的な可愛さ爆発のおねだりだが、何もせずともメロメロな大和が「ノー」と言えるはずがない。

今も永と劫が短い足や尻尾をパタパタさせて、その上ポンポンになっているお腹を見せながら「「おねが～い」」と訴えてくる。

「今夜か――。明日はみんなでモーモー温泉だし、寝に来るだけになっちゃうよ。おばあちゃんにも、挨拶をするだけになるかもしれないし……。それでもいいの？」

予定を考えると、未来たちが寝床を変えるくらいにしかならなかった。

なので大和は、そこはきちんと話して確認を取る。

「うん！　いい！」

「「ああん、――っ‼」」

すると、未来がいっそう激しく尻尾を振った。

永と劫などはしゃぎすぎて、未来の腕から溢れ落ちそうになり、烏丸に助けられる。

「そっか。そうしたら、ここで晩ご飯を食べたら、僕の部屋に移動してお泊まりしよう。それじゃあ、またあとでね」

「うん！　やったー！」

こうして大和の短くも充実した食事休憩は終わった。

店へ戻ると早速とばかりに、白兼が海堂を連れて外食に出ていった。

4

大和が「ご馳走様でした。美味しかったです」の笑顔と共に、海堂にランチバッグを返したのは、仕事終わりのロッカールームだった。

改めて二人きりで顔を合わせた瞬間が、気まずくなかったかと言えば嘘になる。

それもあり、大和は〝飯の友〟で話してきたことを、特に孤塚がくれたアドバイスをどう伝えようか迷った。

しかし、そこは海堂のほうから先に、

「今日はありがとうな。本当に、馬鹿なことをして悪かったな。店長からも、当たるなら俺に当たれって言われたよ。そうでなければ、なんでもいいから外食する言い訳命令をくれでもいい。お前は何度言っても、甘える先を間違えてる。俺を無視するな――って」

などと言ってきてくれたので、その流れから切り出すことができた。

今日はたまたま友人宅に複数人が集まっていたことから、その場の全員でお弁当を食べたこと。

全員が口を揃えて「美味しい」という感想だったので、これが苦手というのは、どういう感覚なのだろう、という話し合いをしてみたこと。

すると、どんなに考えるも、どうしても食は個人の好みにも左右される。

正直に作ってくれる奥様に相談するのが、一番なのでは？

また、せっかく会話時間を持つのだから、まずは奥様からも食育の状況を話してもらうのもいいんじゃないかな——という結果に至ったことを、極力〝当たり障りのない言葉〟を選んで話した。

自分だけが〝そのつもり〟になっていないといいな——と、願いながら。

「——まずは、相手の話を聞いてから、自分の相談か。確かに俺は、育児は妻に丸投げに近かったしな。特に今年度は新店舗でのスタートってこともあり、妻も俺に気を遣って何も言ってこなかった」

すると海堂は、憑《つ》きものが落ちたように、穏やかな表情で大和の話を聞き入れた。

「でも、俺からも聞いてないから、まずはそこだよな。それに、聞いて話し合ったあとなら、実はこれは食べるようになってから気づいたんだが、苦手みたいだってことも、言いやすそうだし。弁当箱も必ず洗って戻すから、どうにか俺の分だけ普通に詰めることはできないかって話もしてみるよ」

孤塚のアドバイスに対しても、思い当たることがあったのか、反省しきりだった。

「ありがとうな、大和。本当、いい年して、食い物で八つ当たりとか――ないよな」

いったん落ち着けば、理由が理由だけに、ストレスよりも恥ずかしさが勝《まさ》ったようだ。

また、白兼に言われたことも、海堂にとってはそうとう大きかったのだろう。

役職がどうより、彼も白兼のことは、心から尊敬している。

そんな相手に「俺を無視するな」と言われれば、申し訳なさでいっぱいになるし、目も覚めるというものだ。

「本当ですよ。次は、八つ当たりする前に愚痴るなり、相談するなりしてくださいね」

「え？」

だからというわけではないが、大和も胸の内を明かした。

「僕では、まだまだ頼りにならないですし、聞いても、これは店長に相談しましょうとかってなるかもしれません。でも、変に溜め込まないで、吐き出してほしいです。今回の海堂さん、ちょっと前の僕と似てましたから」

「大和に？」

海堂からは大分驚かれたが、先日から今日までのことを振り返り、感じたままを口にしたのだ。

「はい。自分では気を遣ったり、全部よかれと思ってしていることなのに。気がついたら、何でも屋みたいになっていて、それがある日急に我慢ができなくなってました。自分でも想像していなかったような考え方や、言動を取ることがありましたからね」

「ああ。そうか――。そうなのか」

大和は〝飯の友〟に通うようになるまでは、目には見えないストレスを溜めていた。もともと働くことが好きで、のんびりした性格で、誰に何を頼まれてもそれ自体を悪く捉えることはなかった。

多少は頼ってもらっている気にもなれたし、無趣味で時間の都合もつけやすかったので、しょうがないなと感じることはあっても、いい加減にしろよというような悪感情になることがなかったのだ。

しかし、どんなに自分がそのつもりでも、周りがこれを当然だと認識し始めると、負の感情が自然に蓄積《ちくせき》された。それもある日、突然爆発してから気づくという現実を、身をもって経験していたからだ。

「自分が思う〝これくらいのこと〟って、案外これくらいじゃないです。もちろん、ストレス原因には個人差があるので、やっぱりこれくらいのことでと考えがちですが。でも、だったら、その程度のうちに解決するのがベストだし。誰かに愚痴ったり、相談したりしながらでも、早期解決するに越したことはないなって」

すると、言い終えた大和に、海堂は深く頷いて同意した。

同時に扉の向こうから人の声がする。

食事休憩か仕事アップか、いずれにしても世間話をしながらドアを開く。

「あ、おはようございます」

「お疲れ様です」

挨拶と共に入ってきたのは、これからラストまで勤める学生の男子アルバイト二名。

大和や海堂に会釈をすると、別の並びのロッカーへ向かう。

「そうだな。そしたら、次はこうなる前にいろいろ話すし、コミュニケーション不足にならないように聞くよ。それこそ今日は何食ってきたんだ？　とか。仔犬たちは元気か？　とかさ」

特に聞かれて困ることでもないからか、海堂は帰り支度をしながら話を続けた。

「はい。あ、そうだ。友人が今日のお礼に、自分からもお弁当を渡したいって話をしてたんですが――」

大和もそれに応えながら支度を終えると、ロッカーの扉を閉めて鍵をかける。

「おっ。それは本当か」

「はい。僕が遅番のときに受け取ってから出勤して渡すのでどうでしょう。丁度、休み明けから遅番なので、友人にもそれでいいか聞いてみます。予定が立っている分には、奥様にも伝えやすいですよね」

その後は支度をしていたアルバイトたちに「お先に」と声をかけて、大和は海堂と共に通用口から店を出た。

すでに九月も折り返し近く、すっかり日没の時間が早くなっている。

数日前までは、同じ時間に退勤しても、まだ西の空がほのかに明るかったのに――。

「ああ、そうしてもらえるとありがたい。でも、まずは今日のことから話題を振って、妻からも話を聞いてみるよ。大和やその友人たちからの〝美味しかった〟っていう感想を伝えながら、さ」

「はい」

そうして大和は海堂と「それじゃあ」「お疲れ様でした」などと声をかけ合い、この場で別れた。

海堂はそのまま地下鉄の最寄り駅へ向かい、大和は旧・新宿門衛所へ、〝飯の友〟へと足早に向かったのだった。


従来の開店時間より三十分ほど早いが、大和は六時には〝飯の友〟の暖簾をくぐった。

用意されたカウンター席に着いて、海堂との話を報告する。

「それはよかったですね。あとはご本人たちの話し合いだけですね」

「はい。烏丸さん」

夜には少しでもいい報告がしたいと思っていただけに、それが叶《かな》った大和は安堵していた。

烏丸から手渡された温かいおしぼりを手に、自然と笑みが浮かぶのが、自分でもわかる。

「そうしたら、お礼弁当は休み明けの水曜とかにするか？　もしくは、相手の希望日に大和が取りに来られれば、俺はいつでもいいぞ」

「ありがとうございます、狼さん。そうしたら、あとで水曜でいいかメールで聞いておきます。どんなに遅くても、休みのうちには返事がもらえると思うので」

「頼むな。あ、これ――」

報告が一段落したところで、今夜も大和の前にはお任せ定食のトレイが置かれた。

「はい。わ！　今夜も美味しそう」

メインの皿には鶏のササミと山菜の天ぷらセット。

小鉢には牛すじと大根とこんにゃくの土手煮《どてに》に、小松菜のおひたし。

箸休めには、大根スライスの甘酢漬け。

あとは土鍋炊きの白米に、あさりの吸い物だ。

大和は早速「いただきます！」と言って、箸を手に取った。

（今夜もご馳走！　思わず箸が伸びる牛すじ。これはおにぎりの中に入った角煮とは、似て非なりって言うのかな？　味噌が違うからっていうのもあるけど、ピリ辛甘くて、白いご飯にピッタリだ。少量でもしっかりした味だから、牛すじだけで二杯はいけそう。んまっ！）

まだ時間が早いからか、食事を摂っているのは大和だけだった。

未来と永と劫さえ今は母屋にいるのか、店内にはいない。

しかし、それだけに大和はいつもより速く、箸を止めることもなく、黙々と食べた。

おそらく未来たちがこの場にいないのは、大和の部屋へ出かける支度をしているからだろうと、想像ができたからだ。

（へ～。ササミの天ぷらって、思ったよりも食べ応えがあるな。山菜の天ぷらはいつ出てきても大歓迎な旬の味。衣もサクサクでいい歯応え。それに、間に食す大根や小松菜もさっぱりしてて、いい～。あさりの吸い物も、まるで老舗料亭かってくらい上品な味で、幸せ～）

なんだか、慌ただしくてもったいない食べ方だが、大和はガツガツ、モリモリと食べ終える。

「ご馳走様でした。今夜もとても幸せでした」

昼より気持ちがスッキリしている分、いっそう幸福感を覚えた。

「ありがとう。そう言ってもらえると、俺も作りがいがある」

忘れないうちに財布を出すが、「今夜はいいよ。未来たちの宿泊分にもならないが」と言う狼に遠慮をされた。

大和は「では、お言葉に甘えて」と、素直に好意を受ける。

(この分で、またみんなが好きそうなお菓子を買って、次回に差し入れようっと)

結局彼からの好意は、未来たちに還元するだけだからだ。

「大ちゃん、ご飯終わった〜？　未来もえっちゃんとごうちゃんも、お出かけ準備バッチリだよ〜っ」

そうして大和がお茶を飲んでいると、店の勝手口から永と劫を乗せたペットカートを押す未来が、満面の笑みを浮かべて入ってくる。

すでに日も沈んでいるからか、帽子を深く被って、膝下までの上着を羽織っている。

——が、それにしてもまだ九月だ。いささか厚着な気がした。

「ほら！　これならいつお耳と尻尾が出てきても、わからないでしょう」

「あ、そうか。月！」

席から立って側へ寄った大和は、未来に言われてハッとした。

そう言われれば、今は新月前なので、彼らの変化を手助けしてくれる月が見えない。

日中の太陽と同じように力をくれる月光が、今夜は注がれていないのだ。

こうなると、未来は夜の人間界では完全な変化ができないので、どうしても耳と尻尾が出てしまう。

ならば、永と劫は⁉　と、大和は中型犬が乗れそうなペットカートの中に目をこらす。

「あぶ～っ」

「ばぶ～っ」

すると、どこから見ても人間の赤ん坊だった。

もともと変化状態をまだコントロールできない永と劫は、一度人間の赤ん坊に変化すると、半日は本体へ戻れない。

だが、こういうときは都合がよいようで、完璧に変化した二人は頬を高揚させて、大はりきり。耳が出てきても隠せるようにフードつきのベビー服を着ており、これがまた可愛い。

仮に尻尾が出てきても、赤子のお尻が嵩張《かさば》ったところで、オムツにしか見えないので、カモフラージュは完璧だ。

それを本人たちもわかっているのか、なんだか「見て見て任せて」「バッチリでしょ」とでも言っているような顔をしている。

「からちゃんが、お泊まりなら先にお風呂に入っておきましょうねって。先に入れてくれたんだ。あと、カートの中のお布団も、お日様にホカホカにしてもらったんだよ」

「「きゃ～っ」」

心なしか未来たちの額《ひたい》や頬が艶々《つやつや》、ピカピカしているように見えたのは、お風呂まで入っていたかららしい。

烏丸の気遣いもさることながら、徒歩で十分程度の距離でも、未来と永と劫にとっては人間界への旅行だ。

普段は乗ることのないペットカートでの移動はドライブそのものだし、寝場所が変わるだけでもそうとう気分が変わるのだろう。

大和がいつも浮かれて〝飯の友〟へ来るのと同じか、それ以上に楽しみなのが伝わってくる。

「すごい。準備万端整いすぎて、僕感動だよ」

大和は未来の頭を撫で、永と劫の頬やお腹も撫でていった。

「俺には、浮かれすぎにしか見えないんだが。本当にいいのか？　一緒に寝るだけなら、大和がここへ泊まったほうが楽じゃないか？」

しかし、保護者からすると、逆に未来たちのはしゃぎっぷりが心配になるのだろう。

狼もカウンターの中から出てくる。

「そこは大丈夫です。こちらへは明日泊まらせていただきますし。お隣のおばあちゃんは、いつでも未来くんたちに会うのを楽しみにしているので」

「なら、いいが。まあ、烏丸が送るって言うし、近くの鴉も今夜はベランダ待機をしてくれると申し出てくれたから、何かあってもすぐに対応はできるしな」

「それは大変心強いです」

話をしている側から、烏丸がつけていたエプロンを外した。

店の外では、待機担当なのか、鴉が「カー」「カー」とはりきった声を上げている。

どうやら二羽で対応してくれるらしい。

これには冗談抜きで、大和は笑ってしまいそうになったが――。

「では、ちょっと慌ただしいですけど、遅くなる前に移動しますね。未来くん」

「はーいっ！」

そうして大和はワクワク顔で寝そべる永と劫のペットカートを押すと、未来と共に店の外へ出た。

ここからマンションの部屋までは、未来に合わせてゆっくり歩いても十五分程度。

だが、あまり遅くなっての移動は心配だし、本来ならば御苑内を通って大木戸門《おおきどもん》まで行きたいところだが、生憎《あいにく》この時間は閉園している。

それもあり、大和は七時には店を出られるように、定食をがっついてしまったのだ。

「では、いってきます！」

「悪いが、未来たちを頼むな」

「はい」

大和がカートを押し出すと、烏丸が変化を解いて頭上へ飛び上がる。

また、今夜のベランダ待機担当の二羽も、そんな烏丸のあとを追うように枝から翼を広げた。

(なんだか、これだけで楽しくなってくる)

端から見れば、子連れの青年が帰路についているだけだが、大和は今にもスキップしそうな未来や上空の烏丸たち、またカート内で手足をパタパタさせて移動を楽しむ永と劫のことを考えると、顔面が崩壊しそうなほどニヤニヤが止まらなかった。

「大ちゃん♪　大ちゃん♪　大ちゃん♪」

大和と一緒にカートを押して歩く未来が、謎な応援ソングを歌っていたが、これがまた可愛いくて仕方がない。

ついつい一緒になって、「未来くん♪　未来くん♪　未来くん♪」と節を合わせて口ずさんだ。

そうこうしているうちに、大木戸門前から道路を挟んで建つマンションへ到着だ。

大和の部屋は、築二十年を超える十階建て鉄筋コンクリートの七階の角部屋で、間取りはバストイレつきの１Ｋ。

会社からの住宅手当があるので、月々五万円程度の支払いで借りられていた。

立地を考えれば多少の古さはあっても、最高に恵まれた住居だ。

「ありがとうございました」

「カー」

「からちゃん、またね～っ」

大和は未来と一緒に烏丸に礼を言うと、マンションのエントランスからエレベーターホールへ向かった。

そこからエレベーターで上がり、長い廊下を進むと、自室の手前で扉が開く。

未来たちが会いたがっていた隣のおばあちゃんだ。

どうやら、来客が帰るところだったのか、おばあちゃんよりは少し若そうな婦人も出てくる。

「あ！　おばあちゃんだ。こんばんは～」

これを見た未来が、両手を挙げて挨拶をした。

「あら、未来くん、こんばんは。大和くんも今帰り？」

「こんばんは。そうなんです。今夜は未来くんたちを迎えに行っていたので」

いつもニコニコして穏やかな彼女は、このマンションのオーナーの親戚。

もともと大和が実家から送られた野菜を差し入れたり、またそれを彼女が惣菜にしてくれたりと、越してきたときから仲良くしてきた。

最近では、すでに他界しているおじいさんが作る肉じゃがが、どこのメーカーのめんつゆを使っていたのかを知りたくて——という悩み相談を受けたことから、めんつゆコレクターの狼がはりきった。

それでしばらく、何社ものめんつゆを試したために、例の肉じゃがが続いた経緯があるのだが、おかげで今は変化した狼や孤塚とも面識がある。

おばあちゃんはいっそう嬉しそうに笑うと、未来の頬をチョンとしてから、カートの中に視線を向けた。

「そしたら、ちびっ子ちゃんたちとお泊まり会？」

「あう～」

「ばぶ～」

「えっちゃんとごうちゃんが、抱っこして～だって」

「まあ、嬉しい。あ、でもちょっと待ってて。海堂さん！　ほら、彼がさっき話していた、そこの〝自然力〟にお勤めしている大和くんよ」

――と、ここでいきなり出てきた名前に、大和は両目を見開いた。

（え？　海堂さん⁉）

「まあまあ。初めまして。突然ですみません。私、〝自然力〟でお世話になっている海堂の母です」

腰を低くして会釈をしてくれた彼女はなんと、海堂の実母だった。

ここへ来て、なんて偶然なのか、縁なのかと、大和はいっそう目を丸くする。

「は、初めまして。海堂さんにはいつもお世話になっております。大和大地です」

　自然と背筋が伸びる。

　大和は深々と頭を下げた。

「そんなにかしこまらないで。お噂はかねがね。息子も、大和くんはとても仕事熱心で、自分と違って人当たりがいいから、見習わないと――なんて、いつも言ってるのよ。いくつになってもがさつなところが抜けないし、きっと迷惑をかけていると思うけど、どうか今後とも、よろしくお願いしますね」

「恐縮です。こちらこそ、今後ともよろしくお願いします」

　海堂の母は、大柄な息子のイメージからは大分離れた小柄の女性だった。

　気さくで人見知りがなく、それでいて大和が相手でも一歩引いたような物言いが慎《つつ》ましさを感じさせる、第一印象の好感度は間違いなく大だ。

　しかも、大和はまさかここで海堂からの自分への評価や印象を聞くことになるとは思っていなかったので、驚くやら照れくさいやらだった。

　それこそ多少のお世辞が入っていたとしても、職場を離れても話題に出すくらいは、気にかけてくれていた。

　それを知れたことが嬉しかったのだ。

「あ、赤ちゃんたちが風邪をひいたら大変ね。私はこれで」

「今日はありがとう、海堂さん。また今度ゆっくり」

未来や永と劫にも気を遣ってくれて、もともと帰るところだったのもあるだろうが、無駄な話をすることもなく、会釈するとこの場から去る。

また、未来が元気よく「ばいばーい」と手を振ると、彼女は幾度となく振り返り、それこそ廊下の曲がり角まで手を振り返してくれた。

大和も姿が見えなくなるまで見送ると、

「ビックリしました。お知り合いだったんですね。昔から――とかなんですか？」

おばあちゃんに話しかけた。

「ううん。今年度から始めたお稽古ごとでクラスが一緒でね。とても気配りの行き届く方で、今日初めてお茶にお誘いしたの。それで、いろいろ話していたら息子さんが〝自然力〟の副店長さんをしているってなって。ええっ！　うちの隣の大和くんも、そこに勤めているのよ～ってところから、話が大盛り上がりしちゃって。それで、気がついたらお夕飯も一緒に――で、この時間になったの」

そんなおばあちゃんは、大和に返事をしつつも、未来に「抱っこ抱っこ」と合図をされて、カートの中へ両手を入れた。

早速永から抱っこした。

あと追いするかのような劫のほうは、未来が抱え出して、ギュッとする。

「そうだったんですね。それはすごい偶然ですね」

「本当よね。お嫁さんやお孫さんの話なんかもお聞きしたけど、それはそれは可愛いそうよ。こう言ったらあれだけど、目に入れても痛くないくらい可愛いお嫁さんと孫なのよって自慢されたのは、生まれて初めてかもしれないわ。それこそ体育会系の息子さんばかりだから、見るからに尽くし系のマネージャーさんみたいなタイプのお嬢さんが来たときには、嬉しすぎてどうしようかと思ったんですって」

そうして話をしつつも、おばあちゃんは永を抱いて、お尻をポンポン。

「けど、それだけに、絶対に揉めたくないから、常に程よい距離感で接しているんですって。だから、とても円満みたい」

次は未来が抱いて待っていた劫に同じことを繰り返して、短い抱っこタイムは終了だ。

ここが玄関先ということもあり、気を遣ったのだろう。

「あんな素敵なお姑《しゅうとめ》さんだったら、お嫁さんも楽だし、息子さんもさぞ幸せだと思うわ。相性がいいって大事よね。私は娘もいるから、尚更そう思ったわ」

おばあちゃんと大和の手から、いったん永と劫がカート内へ戻されたところで、ここでの立ち話も終了だ。

大和は改めて「それでは、また」と挨拶をしてから、自分の部屋の鍵を開ける。

未来は今か今かと、扉が開くのを待っていた。

（おばあちゃんが、こんなに他人様《ひとさま》の話をするなんて珍しいな。けど、僕にまで話したくなるくらい、海堂さんのお母さんとは馬が合ったというか。すごくいいお友達になれたんだろうな）

扉を開くと、半畳あるかないかの玄関へ、先に未来を通した。

大和は永と劫を両手に抱えて入り、ひとまず二人をソファベッドの上へ。

急いで玄関へ戻って、カートを折りたたんで玄関内へしまう。

（でも、この分なら、海堂さんさえ正直に話せば、お弁当の問題はすぐにでも解決しそうで安心かな。お姑さんとうまくいっているくらいだから、夫婦仲はバッチリなんだろうしね）

その後は扉にしっかり鍵をかけて、未来と永と劫の元へ戻った。

＊　＊　＊

「はい。お待たせ〜。いらっしゃいませ〜。永ちゃんと劫くんは、あとちょっとだけベッドの上で待ってて。今、下に座布団を並べるから。あ、未来くんは変化を解いても大丈夫だよ」

部屋へ戻ると、大和は両手を広げて未来と永と劫を歓迎した。

前もって来ることがわかっていれば、何か楽しめそうなことを考え、準備もできたが、今日の今日ではさすがに何もない。

それでも、未来や永と劫にはちょっとしたものが遊びになることはわかっていたので、大和はソファベッドの背を倒すと、まずは二人が寝転がれるスペースを広くした。

また、ベッドの下には座布団を敷いて、置かれていたローテーブルを端へ寄せると、上がけなどもたたんで敷いていく。

「はーい。でも、まだ大丈夫だから、このまま大ちゃんのお手伝いする。何か言って」

「そうしたら、ちょっとだけ永ちゃんと劫くんを見ててくれる？　僕、急いでシャワーだけ浴びちゃうから」

「はーい」

未来が見ててはくれるが、用心に用心を重ねて、大和は永と劫を座布団へ下ろした。

その上で、危険がないように未来に側に座っていてもらい、ついでにお泊まり用に購入していたロープ人形を永と劫に手渡す。

本来は仔犬が噛んで遊ぶ用だが、そこはもう気にしない。握って振って遊んでもらう。

また、未来には字が読めなくても楽しめそうな絵本を渡して、あとは「いい子で待っててね」だ。

大和は急いでユニットバスへ飛び込む。

（急げ、急げ〜）

扉も閉めずに、烏《からす》の行水《ぎょうずい》レベルでざざっと頭から身体を洗って、急いでパジャマに着替える。

シャワーを止めると部屋から「キャッキャッ」と三人がはしゃぐ声が聞こえて、大和はこれだけで幸せな気持ちになった。

（なんかいいな〜。部屋に誰かがいるって）

その後はドライヤーもかけずに、首からバスタオルをかけて、浴室の向かいに置かれた冷蔵庫から紙パック入りの乳酸菌飲料を手に、部屋へと戻る。

「お待たせ〜」

この間、十分と経《た》っておらず、何かにつけてのんびりしている大和からすると、最短記録を達成だ。

「わ！　大ちゃん、本当に早い」

「へへへっ」

「でも、髪の毛乾いてないよ。未来がゴシゴシしてあげるから、えっちゃんとごうちゃんの抱っこよろしく」

「はーい。ありがとう」

そうして大和は、いったん手にした紙パックを横へ置き、ソファベッドを背もたれに腰を下ろすと、永と劫を抱き上げた。

「あうっ」

「ばっぶっ」

よほど楽しいのか、おもちゃを手放し、二人がかりで抱きついてくる。

これだけでも可愛いなんてものではない。

そこへ未来がまた先ほどの謎な「大ちゃん♪」ソングを歌いながら、タオルでせっせと髪を拭いてくれた。

（幸せすぎて、溶ける）

もちろんこれは、未来たちが見た目よりも賢《かしこ》くて優しくて、何より狼たちからしっかり躾《しつけ》がされているからこその状況だ。

見たまま人間の園児と双子ベビーだった日には、こうはいかない。

おそらく一人で見るのは修羅場《しゅらば》だ。

そこは大和にも、実家へ戻れば甥や姪がいるので想像がつく。

特に双子は大和が相手だからいい子に徹しているが、ときどき代わる代わるに寝ながら遊んで攻撃を炸裂《さくれつ》させて、狼や烏丸を困らせている。

これはぼそっと烏丸が愚痴ったのを耳にしたことがある。

そう考えると、大和は程よい距離で孫を可愛がる祖父母と大差がないのは確かだ。

それでもことあるごとに「悪いな、子守をさせて」「本当に助かります」と言ってくれる狼と烏丸には、感謝しかない。

「「だ～っ」」

――と、ここで永と劫が何か言った。

「あ。えっちゃんとごうちゃんが今〝大ちゃん〟って言ったよ」

「本当⁉　うわ～。嬉しいな～っ」

少しいつもと違う発音だなと思うも、まさか名前を呼んでくれたとは思わず、更にテンションが上がった。

「ありがとう、永ちゃん、劫くん」

「「だ～っ」」

その後はすっかり髪も乾き、未来には紙パックの乳酸菌飲料を。

そして、永と劫には、カートに入れてきたお泊まりセットの中から取り出した、哺乳瓶入りの麦茶を飲ませて、大和は三人とひたすらじゃれて、いちゃつき、至福の時間を過ごしたのだった。


いつ眠たくなってもいいようにベッドへ移動し、四人でゴロゴロしているだけでも、未来も永と劫も楽しそうだった。

当然、これを見ている大和も楽しく、どこからともなく込み上げてくる幸福感から、幾度両足をバタバタしそうになったかわからない。

それでも壁にかけられた時計を目にすると、ハッとした。

「あ、いつの間にか九時半を過ぎてる。そろそろ電気を消して、寝ようか。明日はお出かけだし、朝には狼さんたちのところへ戻るしね」

「はーい」

ただ、大和が明かりを小さくしようと、ベッドから立ったときだ。

――パンパン！

いきなりノックのような音が響いてきた。

「え？」

それもなぜかベランダのほうだ。テラス窓を叩《たた》かれたらしい。

「からちゃんの会員さんかな？」

「かもしれない。でも、わからないから、未来くんは永ちゃんと劫くんと一緒に布団の中に隠れてて」

「うん！」

未来は言われるままタオルケットを持つと、うつ伏せになっていた永と劫と一緒にそれを被った。

しかし、ちゃんと隙間を作って、三人で様子を窺《うかが》っている。

大和は警戒しながらテラス窓の前に立つと、カーテンの端をぎゅっと握った。

再び窓をパンパンと叩く音がする。

(でも、烏丸さんやお仲間さんが嘴で突くのとは、明らかに音が違ってるんだよな?)

以前も烏丸が訪ねてきたことがあったが、そのときは今のような音ではなかった。

違う響きだったからだ。

(よし!)

しかし、〝飯の友〟からの急用か何かだと大変なので、大和はカーテンを引いた。

「え⁉」

足元には見慣れた顔が三つある。

大和は驚き、急いでテラス窓を開けた。

「ちわーっす」

「子守の手伝いに来ました~っ」

「みんないい子にしてるか~っ。大和くんに迷惑かけたら駄目だぞ~っ」

そう言って元気に入ってきたのは、孤塚に鼓、そして狸里の三人――いや、三匹だった。

「え⁉　こんちゃんに鼓さんに狸里さんまで――なんで⁉」

しかも、その後からは、烏丸の仲間らしき鴉まで入ってきて、ソファベッド上の未来のところまで飛んでいく。

「カー。カー。カーッ」

枕の上にとまると何やら未来に報告してから、再び飛び立ち、闇夜に消えていく。

羽音だけを聞くなら何羽かいたようだ。

ただ、待機担当の鴉二羽はこの場に残っており、すっかりベランダの端で寛ぎ、「どうぞお構いなく」といったふうに、翼を振ってきた。

なので大和は「ごめんね」と声をかけてから、慌ててテラス窓を閉めて、カーテンも引いた。

目の前が新宿御苑という七階の部屋を、まさか誰かに覗かれることはないだろうが、ここは用心に用心を重ねる。

万が一誰かに見られても、未来や永と劫なら説明できるが、子狐と成獣狸が二匹では、さすがに大和も言い訳のしようがない。

それなのに――。

「大ちゃん、鴉さんがね。こんちゃんたちは、未来たちがおでかけしたあとにお店へ来て、お酒を飲んでたんだって。それでいっぱい酔っ払って、お店を出てから、行こう行こうになって。鴉さんたちに言って、ここまで運ばせたんだって！」

　鴉から事情を聞いたらしい未来が、とんでもないこと教えてくれた。

「えっ？　鴉たちに運んできてもらったんですか？　それで、七階のベランダを玄関代わりに？　いくら夜だからって、狐と狸が一緒になって、嘘でしょう」

　しかし、これが事実だと言わんばかりに、すでにこんちゃんたちは大和の足元に倒れて転がっていた。

　みんな顔が真っ赤で、ヘラヘラしている。

　これが人間の姿だったり、もしくはここが歌舞伎町の路地裏だったりしたら、見つかった途端に警察へ通報されるレベルだ。

（何が子守の手伝いだ！）

　大和は、まずは省エネこんちゃんの首根っこを掴むと、その場に起こして座らせた。

　そして自分も彼の前に正座する。

「まさか、三匹揃って妖力切れ？　だとしても、こんちゃん！　このサイズで見つかったら、保護されるか攫《さら》われるかしちゃいますよって、前にも注意したじゃないですか」

　だが、当のこんちゃんは、大和の小言にこくりこくりと頷くが、話なんか聞いてない。

　可愛い姿なら何をしても許されると思っているのか、大和の顔を見上げて「うへへっ」と笑っている。

　仕方なく、今度は鼓と狸里を起こして座らせた。

「それに、狸里さんと鼓さんは、下手して捕まったら害獣として駆除《くじょ》されちゃうかもしれないのに。せめて、こんちゃんみたいなサイズならまだしも。そうじゃないんですから、人間界では、目立っちゃ駄目でしょう」

こちらは成獣姿なので、更に厳しく叱る。

ここへきて年上だろう三人に、ましてや自分より社会経験が長そうな三人に、大和も言いたくはなかっただろうが、そういうわけにもいかない。

この場には未来たちもいるのだから、むしろ教育のためにも、厳しく言わねば！　になっていたのだ。

「ん〜っ？　別に小さくもなれますよ〜。なんならここで一曲、腹鼓も」

「わっ！　それは音が響くので駄目です。騒音だし」

「ん？」

「いえ、何でもありません。とにかく目立っちゃ駄目でしょうってことで」

「なら、小さくなる！　ね、先輩。俺たちだって、孤塚には負けませんよね」

「あん？　当然だ。俺だって省エネぽんちゃんになれるぞ。えいっ‼」

「俺も、えいっ！」

だが、今夜は話が噛み合わない。

そもそも酔っ払いは、そういうものだろうが――。

二人は、何を勘違いしたのか、ぽんっ！　ほぽん！　と変化した。

大和の前には、ちょっと細身の子狸に、永と劫と同じサイズのふくよかな子狸が現れる。

小さいというだけで、どちらも可愛いが、ぽこんとしたお腹につぶらな瞳の狸里は、
やっぱり狸というくくりで見たら、素晴らしくあどけなくて可愛い容姿をしている。

しかも、小さくなっても、毛並みは艶々で尻尾はふっくらもふもふだ。

「っ‼」

大和は雷《かみなり》に打たれたような衝撃を受ける。

「だ、大ちゃん。なんか目つきが変わってる」

心配して未来がベッドから下りてきた。

「か、可愛い……。鼓さんも狸里さんもコロンとしてて。特に狸里さん。なんか、こんちゃんや未来くんたちとは、また違う可愛いオーラが出てる」

とはいえ、当の本人たちはと言えば、

「うわ～っ、先輩。なんか余計にお酒が回ってきました～っ」

「おおおっ。これって酔いが濃縮されるのか？　しまった～っ」

鼓がふらふらしながら、くるっと回って尻餅をついた。

狸里に至っては、そのままひっくり返って大の字だ。

挙げ句に二匹揃って、ゲップして「うぇ～い」とか言って笑っている。

「げーっ。だっせーの！　俺なんか、サイズ変わっても、酔っ払い濃度はそのまんまだぜ～っ。ふっひゃっひゃっひゃっひゃ～っ」

それを見ていたこんちゃんが、得意げに立って指をさした。

だが、すぐに足がもつれて転がった。それでも「ふへへへへっ」と笑い続ける。

あまりに容姿とかけ離れた言動に、大和は今一度雷に打たれたような衝撃を受けることになった。

「こ、こんなに可愛いのに、中身がおっさん」

「大ちゃん。それ、前からずっと！」

すかさず未来が突っ込んでくる。

——確かにだった。

ときとして、見た目が幼く、小さいのは正義を超えた罪だ。

その上、容姿端麗の可愛い子ちゃんとなると、雄も雌も関係ない。

「あ、いや——。うん。でも、なんか～」

(可愛い子ばっかりで、超幸せ！)

結局大和は、再びその場に転がった三匹を集めて、抱き上げた。

そして、永と劫が待っていたベッドの上へ並べていく。

可愛いベビー、ベビー、子狐、子狸、子狸だ。

思わず口角が上がる。

（今夜はパラダイ～ス）

思いがけないもふもふ天国にデレデレするが、その様子に未来はプッと頬を膨《ふく》らませる。

「もお～っ。こんちゃんたちまでいたら、未来はどこへ寝るの？」

やきもちを焼いてしまったのか、耳がピン。尻尾も不機嫌丸出しで、激しく左右にブンブンブンだ。

「もちろん、僕の隣だよ。大丈夫。ちゃんと場所を空けるから」

大和は慌てて、電池が切れたようにクークー寝てしまった三匹を壁側の足元寄りに移動させた。

そして、未来と永と劫は、寝返りを打ってもベッドから落ちないように、同じく壁側の枕元に場所を作る。

（これなら大丈夫かな。あ、アラームもちゃんとセットしておかなきゃね）

こうして大和は明かりを小さくして、自分もベッドの片側へ潜り込んだ。

「ふへへっ。だーいちゃん」

途端にすり寄ってきた未来や、「あうあう」「ばぶばぶ」言いながら嬉しそうにしている永と劫を見ると、大和は今夜も至福の中で目を閉じた。

「お休み、未来くん。永ちゃん、劫くん」

SH
SKYHIGH文庫
不思議な
癒しの食堂で、
今度は
おにぎり大作戦!?
マーケットで働く大和は、上司の「おにぎり」の悩みに直面。力になれないかと“飯の友”店主の狼に相談することに。ちびっこ・未来と共においしいで上司を救えるか――!?
『ご縁食堂ごはんのお友 仕事中でも異世界へ』
著:日向唯稀　イラスト:鈴木次郎

二交代の早番勤務が終わって、明日と明後日は休み。

明明後日からは遅番だが、出勤は午後からなので、これから二日半は大分のんびり過ごせる。

（明日はモーモー温泉か。あ、まさか混浴じゃないよな？　水着ってあったほうがいいのかな？　うーん、悩んだときは持参かな。無駄になっても、なくて困るよりはいいはずだから——ね）

5

翌朝、大和たちは気持ちのよい晴天に恵まれた。

ちょっとしたハプニングがあったことで、起き抜けからドタバタしてしまったが、少し重たくなったペットカートを押して、颯爽と狭間世界へ向かう。

台風さえ来なければ、夏から秋へ変わった風が心地よい。

「おはようございまーす」

「ただいま〜っ」

ただ、未来の元気な声と共に〝飯の友〟へ到着するも、大和は烏丸からは開口一番謝罪を、また狼からは珍しく小言を聞くことになった。

「昨夜は、こちらで引き止められなくて、すみませんでした。三人でここを出るときには、そのまま家に帰るようなことを言っていたのに。まさか、その足で大和さんのところへ押しかけるとは――」

「何が子守の手伝いだ。大和の手間を増やしただけじゃないか。しかも、朝から寝坊して、起きたら二日酔い。三匹まとめて永と劫と一緒にカートで運ばれてくるって、大の大人が揃って、いったい何をしてるんだか」

理由は昨夜の酔っ払いたちだった。

大和は今朝も普段どおりの時間に起きて、未来たちのお世話をしながらスムーズに移動をと考えていたのに、なぜか仕かけていたアラームがすべて止まっていた。

いつもなら、スマートフォンが駄目でも、目覚まし時計が鳴れば必ず起きるのに――。

おかげで自然に目が覚めたときには、一時間遅れ程度だったが、プチパニックだ。

それで起き抜けからドタバタしてしまったのだが、これでも三匹はまったく起きようとしなかった。

大和や未来たちが起こしても、動き回っても、高いびきをかいて寝ているか、頭が痛いと唸《うな》っているだけだったのだ。

「ガミガミ言うなよ。二日酔いに響くからやめてくれって～」

狼にここぞとばかりに小言を言われた孤塚は、いまだにこんちゃん姿のままで、冷たいタオルを額に置いていた。

カートの中からカウンターチェアに移動させてもらうも、だらりと座って、見るも無惨《むざん》な姿でぐったりだ。

そして、その隣の席には、鼓がいる。

「本当にすみません。久しぶりに調子に乗って飲みすぎました。よりにもよって、大和さんに運んでもらうことになるなんて。こんな醜態《しゅうたい》をさらして、ごめんなさい」

同じく、二日酔いが祟《たた》って変化をする気力もないのか、鼓は本来の成獣姿に戻って土下座だ。

こんなときだというのに、いつもなら自分を庇《かば》ってくれる先輩・狸里が側にいない。

「まあ。まったく動じていない御仁も、いらっしゃいますけどね」

「んぐーっ」

急な仕事で呼ばれたとかならまだしも、烏丸が呆れて言ったように、狸里はいまだにカート内で寝ていた。

さすがに未来が「よっこいしょ」と取り出し、座敷の座布団に置いてみたが、いっそう身体を丸めていびきをかくだけだ。

「狸ちゃん、起きないね～」

本体に戻った永と劫に挟まれ、起きて起きてと背中をポンポンされても、それさえ気持ちがよさそうだ。

これを見た狼が「あれは駄目だな」と、溜息をついたほどだ。

しかし、ここまで徹底していると、かえって気持ちがいい。

大和も、清々《すがすが》しいほどのていたらくだと、感心してしまう。

さすがにこれを狸寝入りとは言わないだろう。

「普段、飛び回っている敏腕営業マンさんですからね。一気に疲れが出たのかもしれないですね。無理に起こさないで、このまま温泉へ連れていっちゃいましょうよ」

「まあ、そうだな」

それでも大和はかえって親近感が増し、昨夜のぽんちゃん姿にハートを射貫《いぬ》かれたままなので、ご機嫌だ。

狼も大和がそう言うなら、まあいいが——で、カウンターに朝食を並べ始める。

そして、それを烏丸が座敷へ運んでいくと、

「大和さん。未来さんたちも、さ」

ひとまず朝食にしましょうと、大和と未来たちには座卓を囲ませ、おしぼりを渡した。

永と劫にはお粥《かゆ》入りのお皿が、座卓の中央には様々な種類の三角おにぎりが盛られた大皿が置かれる。

あとは、おかずにもなる具だくさんな味噌汁にキュウリやナスのぬかみそ漬けと、今朝も立派なお任せ定食だ。

「はい。ありがとうございます」

「わ〜っ。おにぎりだ！　いただきまーす」

未来が最初に手を伸ばしたのは、ご飯に海苔が巻かれたものだった。

上には具の目印として、焼き鮭、焼き鯵《あじ》、焼き肉、焼きたらこが載せられており、未来は迷うことなく鮭を取る。

ばくっと一口頬張っただけで、たっぷり入れられた具が覗いた。

未来の顔が、一瞬にして美味しい、最高といった表情になる。

(うわっ！　たまらない。未来くんの美味しい顔もテロレベルだ)

大和も早速「いただきます」と合掌し、好物の焼きたらこから手に取った。

(この焼きたらこ、塩味が丁度よくて、香ばしくて、すごく美味しい。焼き鯵は中に入れて食べたことがないから、二個目はあれだ！　でも、あの爆弾みたいなのにも惹《ひ》かれるな。菜っ葉のや海老のも)

大皿の上には、他にも菜飯を菜っ葉で包んだおにぎりや、桜エビと細かく刻んだアスパラが混ぜられた色鮮《あざ》やかなおにぎりもあった。

あとは中に味玉が入ったものだろうか？

丸ごと一個、ご飯と海苔で包んだ爆弾のようなおにぎりも置かれている。

「種類がいっぱいありますね。これも一推しフェアの参考にしていいですか」

「それは好きにして構わないが、俺も本やネットで見たものばかりだぞ」

「そうなんですね。でも、狠さんの目にとまったということで――。僕ももっと勉強しよう」

大和は最初の焼きたらこのおにぎりを堪能すると、次は具だくさん味噌汁に手を伸ばした。

朝からこんなに立派な定食が食べられるなんて——と感動していたが、いまだカウンターチェアでは、孤塚と鼓がぐったりしている。

とうとう烏丸に頼んで、ドリンク剤を開けてもらっていたほどだ。

細いストローが差された小さな瓶を両手で持つと、

「「ちゅーっ」」

二匹揃って、飲んでいる。

これはこれで、普通は見ることができないだろう光景だ。

大和はクスッとしてしまう。

しかも、いまだ狸里は寝っぱなしだ。

それを見た未来が鮭を摘まんで、彼の口元へ持っていくと、しっかり食いつく。

そのまま、むにゃむにゃしながら飲み込むが、それでも起きることがないのだ。

もはや、あっぱれだ。

「一推しフェアか——。確かに、おにぎり自体は未来のような子供にも食べさせやすいし、炊いた飯が冷えていくのをまかないでふるまうにしても、見栄えがいいよな。特に、温めて出すときなんか、囲炉裏で炙れば、風味がよくなるだけでなく、より手間がかかって見える」

するると、ここで狼がカウンターの中から出てきた。

烏丸を誘い、座敷の端に腰をかけながら、菜飯のおにぎりを手に取った。

そして烏丸も、美味しそうにお粥を食べる永と劫の側へ腰かけ、未来に言って桜エビのおにぎりを取ってもらうと、食べ始める。

今朝は一緒に食べられるようだ。

大和にとっては、嬉しい、美味しいが更に増える。

「だが、俺みたいに飯屋をやってる延長で出てくる食材を利用するのと、一般家庭で具材を揃えて作るのは違うだろうから。昨日の話に出てきた奥さんは、しみじみまめだと思った。子供に摂らせるために、主食、主菜、副菜を一つのかたちにするにしても、まずは米を炊いて具材を揃えてというのは、普通の食卓と大差がない。器に盛るのと、握るのとを比べるなら、場合によっては海苔でかたちを作るほうが手間もかかるだろうしな」

いったん箸を止めて彼の話に耳を傾ける。

朝から何種類もの彩り豊かなおにぎりを作り、そして出してくれた狼の感想は、大和にとっては貴重なものだった。

仮に、今の言葉を聞かなければ、おにぎりも作り方によっては手の込んだ立派な料理だということが、大和は頭から抜け落ちていた気がする。

自分が作るときの理由が、だいたい「ご飯が半端に残っているから、とりあえずごま塩振ってラップで包んでおこう」というものだからだろう。

「――ですね」

「ごちそうさまでした！」

と、ここで未来が食べ終えた。

具だくさんの味噌汁もあったので、おにぎりは一個で丁度よかったようだ。

大和は二個目をいただくべく、手を伸ばした。

（やっぱりここは、焼き鯵かな？　でも、味玉も。中が半熟だったら――、っ⁉）

だが、未来の背後から狸里が勢いよく飛び出してきたのは、このときだった。

一瞬にして大和の手元から味玉おにぎりが消えたかと思うと、狸里が隣に座って大口を開けてパクパク食べ始めたのだ。

「え？」

驚く大和をよそに、綺麗に食べ終えると、まるでアライグマを思わせる姿で両手をおしぼりでふきふき。

しかも、おしぼりを座卓の上へ戻すと、今度はそのまま大和の隣で寝てしまった。

「ぐーっ」

こうなると、今のは寝ぼけていたのか、一瞬とはいえ起きたのか、大和にはさっぱりわからない。

ただ、普段は周りに対して面倒見がよく、一族の中でもリーダー的な存在で。

また、人間界での仕事もバリバリにこなすエリート営業マン狸里が、ここぞとばかりに本能と欲望のままに動いたことだけはわかる。

「えええっ？」

「えっ⁉　先輩？」

何事かと思うが、この場で驚いているのは大和と鼓だけだ。

特に鼓は驚きすぎて、カウンターチェアから滑り落ちている。

「あ、気にしないであげてください。狸里さん、たまに理性が吹き飛ぶみたいで、食っちゃ寝モードみたいな感じで素に戻るときがあるんです。多分、これも日頃のストレス解消みたいなもので、おそらく昨夜に酔っ払って、孤塚さんたちと一緒になって大和さんのところへ行った時点で、リミッターが解除されていたんだと思います。でも、そのうち戻りますから」

「え？　食っちゃ寝モード？　素？」

「そんな、いつも立派な先輩が⁉」

しかも、烏丸の苦笑交じりな説明を聞くと、普段の狸里がよそ行きで、今の狸里が地ということになる。

「大ちゃん。狸ちゃんは化かすのもお仕事だよ」

「――あ」

身も蓋もないことを未来に言われて、二の句が継げない。

だが、そんな大和にすり寄り、狸里は実に気持ちがよさそうだ。

より寝心地のよい場所を探しているのか、のそのそと大和の足に上がってくると、胡座をかいていたところに、再び丸くなって寝てしまった。

すっぽりと収まっている。

（――素？）

これればかりは狸里自身のみぞ知るだが、こうして懐かれる分には、嫌な気はしない。

むしろ嬉しい。成獣姿であっても、ぽんちゃんの名残《なごり》を見せる狸里であれば、尚のことだ。

ただ、そうは言っても、大和が私服の上着ポケットに入れてきたスマートフォンが震えたときだった。

狸里が起きてスッとそれを取ると、電源ごとオフにし、また元に戻して寝た。

あまりにその行動がスムーズで、呆然《ぼうぜん》と見てしまう。

「は!?」

この間も起きているのか、寝ぼけているのかわからない状態だが、これだけは言える。

「狸里さんだったのか」

今朝のアラームや目覚まし時計がすべてオフになっていた謎が、今まさに解き明かされた。

そして、見るからに慣れた手つきだったことに、大和はガックリと肩を落とすのだった。


いろいろな意味で貴重な体験となった朝ご飯を終えると、大和たちはいよいよモーモー温泉へ出発することになった。

（さっきの着信がメールでよかった。海堂さんへのテイクアウト弁当は水曜でOKってことで）

現地では、代々木公園の門番・ホンドオコジョのドン・ノラや、渋谷《しぶや》の鳥内会を仕切る鳩《はと》会長とも合流予定があり、大和はいっそうウキウキで出発した。

とはいえ、大和が持参した荷物にお昼の弁当、いまだ熟睡中の狸里に二日酔いの鼓とこんちゃん、更には永と劫をペットカートに入れて、舗装されていない森の中を押して歩くのは大変だ。

これだけは大鴉に姿を変えた烏丸を頼り、カートごと現地へ運んでもらうことになった。

おかげで大和は狼と未来と一緒に、手ぶらで森林浴まで楽しみながら現地へ向かえる。

また〝飯の友〟を旧・新宿門衛所としたら、モーモー牧場や温泉は方角的に明治公園あたりになるのだが、森を抜けた直線コースでもだいたい一キロ少しある。

大人の足なら二十分程度だが、未来に合わせて行くので移動時間は三十分ほど見ていた。

しかし、いざ出発となったら、狼も未来も元のオオカミ姿に戻った。

森の中を行くのであれば、確かにそのほうが歩きやすいのだろうが、こうなると二匹の移動は早い。

大和に合わせてもらうかたちで、進んでいくことになる。

（大鴉化した烏丸さんもカッコよかったけど、成獣オオカミに戻った狼さんは更にクールでカッコいいな～。しかも大型犬より大きいから、迫力もあって。その上、豆柴みたいな未来くんとなったら、まさにファンタジーだ。森の中を進んでいくだけで、冒険物語の主人公気分になれるってすごい！）

大和は道と言っても獣道だけに、木の根に足を取られないように、気をつけて歩いた。

だが、常に足元に視線を向けていたためか、自然と自生しているキノコに目がいく。

（そういえば、この前の牧場帰りに未来くんとここを歩いたときには、いつの間にか道を逸れて、足元のキノコを見失った。気がついたらリンゴの森に――、コヨーテの縄張りへ入って、大変なことになったんだよな）

すると、そのときだ。

別の獣道からタッタッタッと進んでくる複数の足音がし、四匹のコヨーテたちとかち合った。

「え⁉」

「うっ！」

それも真っ先に大和と目が合ったのは、群れの中でも一際大柄だった記憶のあるリーダーだ。

すぐ後ろには、二匹の子供と更に幼い赤ちゃんコヨーテがいる。

「あ！　意地悪コヨーテだ」

未来が身構えて声を上げた。

「ソウ」

そして狼は相手の名を呼びつつも、大和を庇うようにして立ちはだかった。

＊　＊　＊

木漏れ日の中で起こった偶然の再会、そして睨《にら》み合いに、大和は足が竦《すく》んだ。

未来の呼び方からもわかるように、狼たちとこのコヨーテたちは、もともと親しい間柄ではない。

そこへ人間である大和が一緒にいることで、コヨーテ（別名ソウゲンオオカミ）のリーダー・ソウの警戒心は、むき出しになっていた。

ただ、互いに縄張りを持ち、それを侵害しないことで狼たちと共存しているだろうコヨーテからすれば、敵意があるのは大和という人間だけだろう。

それは先日、食料を持ってリンゴの森へ入ってしまい、襲われたときから感じていた。

人間界や人間に寄り添う狼たちと違い、コヨーテたちはそもそも人間が嫌いなのだ。

常に自分さえよければいいという種族だというのが、彼らの認識だからだろう。

（どうしよう。僕だけ引き返す？）

大和に迷いが生じた。

向こうも子連れなので、この場で争うことはないと思いたいが、これればかりはわからない。

しかし、ここで未来が今一度声を上げる。

「――違った！　未来たちからチーズやミルクを奪おうとしたけど、狼ちゃんに追っ払われて。でも、そのときに大ちゃんが落とした水袋を拾って、中のミルクは全部飲んじゃったけど、あとでちゃーんと水袋を洗って、ミルクの代わりにおいしいリンゴをつけて返してくれた。実は、義理堅いコヨーテさんたちだ！」

（え!?）

未来が思い出したように長々と叫んだ途端、大和はふっと緊張から解かれた。

むしろ、最終的に「義理堅い」と言われたソウのほうが、驚きから目を丸くし、瞬時に顔を赤くした。

これに狼が「プッ」と噴き出す。

ただ、いきなり笑われることになったソウからすれば、こんな大和たちの態度よりも、一瞬目を逸らした子供たちのほうが気になったらしい。

「コウ、ヨウ。知っていることがあるなら、説明しろ」

「えっと……。前に襲ったときに、そいつが忘れていったから、テイのために拾ったんだ」

ソウに聞かれると、一番大きな子のヨウが、困った顔で口を開いた。

「よく見たら、水袋の蓋が少し緩くなってて……。もしかしたら、俺たちがテイに飲ませたくて奪おうとしたのに気づいて、わざと開けてくれたのかなって。だから……」

続けてコウが話しながら、大和の顔をチラチラと見てくる。

「あんっ！」

赤ちゃんコヨーテ・テイに至っては、大和の顔を見たときから、尻尾を振りまくりだ。

やはりあのとき、大和がわざと水袋を置いて立ち去ったことに、子供たちは気づいていた。

それで後日、空の水袋にお礼のリンゴをつけて、母屋の前に置いていってくれたのだ。

「え！　大ちゃん、水袋を落としたのって、わざとだったの？」

ただ、コウたちの説明が終わると、未来が足元から大和を見上げてきた。

「あ……、ごめんね。先にあの子たちが、未来くんがなくした水筒を見つけて、僕の前に転がしてくれたから、お礼のつもりもあったんだ。でも、僕からだと嫌かもしれないから、落としたことにして……」

「え？　未来よくわかんない」

話がややこしくなってきた。

まさか今になって、水袋の話が出てくるとは思わなかったので、大和も戸惑う。

しかし、自分が彼らに嫌われていることを前提に、勝手にコヨーテの子たちに気を遣った結果、未来に嘘をつくことになったのは事実だ。

善意があろうが、理由があろうが、ここは責められても仕方がない。

「まあ、そこは大和がいつも以上に気を遣ったってことだ。あのとき未来が、実はミルクごとあげてきちゃったんだと聞いたら、先に意地悪されたのに!?　って、ビックリするし、怒るだろう。どうして、なんで～って」

狼は大和の心情を察してくれたが、こればかりは未来には難しそうだ。

ちょっと首を傾げる。

「え？　どうして。未来、大ちゃん優しいって思うだけだよ。水筒見つけて返してくれたコウちゃんたちも優しい。なんだ、コヨーテさんたち意地悪じゃなかったんだ。よかった～って、なるだけ！」

次の瞬間、未来の顔に満面の笑みが浮かぶ。

「――!!」

これに大和は、話を難しくしてしまったのは、自分のほうだと反省をした。

それこそ依存がどうこうと悩んだのと同じで、「ありがとう」と言えることに対して、変に勘ぐったり、気を遣ったりすることはなかったのだ。

むしろ、コウたちがよこしてきて水筒を見つけたところでお礼を言っていれば、直接ミルク入りの水袋を渡すことができた。

その場で未来を呼べば、本人も納得をした上で、「ありがとう」も「ミルクあげる」も言えたかもしれないのだ。

なぜなら――。

「ほっ、本当？」

「俺たち、優しい？」

「あん？」

未来の言葉を聞いたコウたちが、早速照れくさそうに聞いていた。

「うん！　未来の水筒を見つけてくれて、リンゴも水袋も届けてくれて、ありがとう！」

未来から尻尾をブンブン振られると、一緒になって三匹もブンブン振り返す。

「俺たちもテイにミルクをありがとう」

「それは大ちゃん！　あのミルクは大ちゃんが搾ったんだよ」

「そうなんだ！」

「すごい‼」

「あん！」

これならこの場に永と劫が加わっても、楽しく一緒に遊べそうだ。

ソウも目の前で笑い出した子供たちを見ては、ここから何を言ったらいいのか、困っている。

「まあ。ここで俺たちがいがみ合っても、いいことがない。未来たちに、たまの交流ぐらいは目を瞑《つむ》ってやってくれ」

狼は、ソウに対して「これを機に俺たちも」とは言わなかった。

このあたりは、警戒心が強いのは、自分たちよりも小柄なコヨーテ側だと理解しているからだろう。

確かにソウはコヨーテの中でも大柄なほうだが、標準とされるサイズで見るなら同じイヌ科のキツネとオオカミの間ぐらいの大きさだ。

容姿も両方の雰囲気を持ち合わせており、こうしたところはジャッカルなどにも共通している。

こうなると同じイヌ科でも、狸だけがふっくらして別科に見えるが、狸はイヌ科の原始的な存在とされている。

未来や永と劫の〝たぬき顔の豆柴っぽい姿〟を見ると、同じイヌ科というのも説得力がある。

もっとも、ここは狭間世界で彼らはその住民。

人間界における強弱や生態系ともまた別に、個々が持つ妖力差でも力関係が出てしまうのだろうから、大和には想像ができない難しさがありそうだ。

今も、妥協案を出してきた狼に対して、ソウが「ふんっ」と鼻を鳴らして、そっぽを向いている。

「――お前に言われなくても、わかっているよ。コウ、ヨウ、テイ！　そろそろ行くぞ。お前たちが行ってみたいって言うから、俺が付き合う羽目になってるんだからな。んと、何がモーモー温泉だ」

しかし、ここで子供たちを急《せ》かして離れようとしたのが、運の尽きだ。

「え！　コウちゃんたちも行くの？　未来たちもだよ！」

「やったぁ」

と歩き出す。

「一緒だ～っ」

ますます未来とコウたちが仲良くはしゃぎだし、「なら、行こう」「レッツ、モーモー」

「……」

その後ろ姿を目で追うソウだけが、「どうしてこうなるんだ⁉」と言わんばかりに、やけくそ気味に尻尾を振っていた。

だが、これを見た大和は（やっぱり、ここのみんなは素直でいいな）と嬉しくなる。

それと同時に、何をどうしても感情を隠しきれない者が相手なら、自分も回りくどく考えずに、素直に伝えるのが一番だと思えた。

言い方、話し方だけは、選ぶとしても――。

「さ、俺たちも行こう」

「はい」

狼が一歩を踏み出したので、大和もそれに倣《なら》って歩き出す。

これを見ていたソウも、今一度尻尾を力いっぱい振ってから、大和たちのあとをついてきた。

コヨーテたちと合流してから、十分もしないうちに、大和たちはモーモー牧場を通り抜けて、温泉場へ着いた。

周囲を小高い山に囲まれた広い敷地には、大きな木造りの休息所と池のような大小七つの天然温泉がある。

個々の温泉には、少し深くて熱め、浅くて温《ぬる》め、ここは普通くらいかな？　などと書かれた、大ざっぱすぎる説明書きの看板があり。また、この看板自体が、熊や馬、オオカミや猿、ウサギや鳥といったかたちになっていて、それは「入るときにはこれらを目処《めど》に選び、間違っても体長と合わないところに入って、溺《おぼ》れることのないように！」という、ことらしい。

当然、モーモー一家だけでは目が行き届かないので、どんな種族も子供だけでの入浴は禁止となっている。

「ご無沙汰してます、ドン・ノラさん。鳩会長」

「こんにちは～。この前の満月以来かな？　久しぶり」

「これはこれは大和さん。元気そうで何よりですな」

先に到着していた烏丸たちやドン・ノラたちが、まるで海の家の座敷のような一角にペットカートを置きつつ場所取りをしてくれていた。

だが、あたりを見回しても脱衣所や洗面所といったものは見当たらない。

仮に着替えの必要がある場合は、休息所でということなのだろうが——。

ただ、そもそも温泉に浸《つ》かりにくるのは、近場にいる動物や野鳥たちだ。

変化した獣人姿で入るにしても、濡れた身体を乾かすときは、本体に戻ってブルブルブルッと振って終わりだろうから、大和以外はこの設備だけでも充分、まったく困らないということだ。

（熊さんたちには会ったことがあるからわかるけど、看板の馬と猿が気になるな。あ、温泉前後用のシャワー設備はちゃんとあるんだ！　あとは、牛乳や乳製品の販売コーナーが目立つところにドドンと。みんな物々交換に何を持ってくるんだろう？　そして僕は持参の水着を着るべき？　もしくは、みんな毛皮を着て入るんだから、タオル一枚くらいは巻いてもいい？）

ファンタジーのようだと浮かれて歩いてきたが、モーじいさんとその一族のセンスが、別の意味で光っている気がしてきた。

同時に、ここまで来てあれこれ考えてしまう自分も、今頃大あくびをして起きてきて、何事もなかったように「おはよう〜。大和くん」と言っている、狸里くらいの据《す》わった肝《きも》が欲しいと思う。

もしくは、やっと二日酔いが落ち着いてきたのか、狸里と一緒になって「来た来た」「待ってたぞ〜」などと言って、運んできた烏丸を苦笑いさせている鼓や孤塚のような——。

「わーい。入ろう。えっちゃんとごうちゃんとテイちゃんも、ウサギの湯なら大丈夫だよね？　コウちゃん」

「大丈夫だと思う。けど、鳥の湯も見てから決めよう。まずはシャワーだ！」

「おう！」

それにしても、はしゃぐ未来たちを見ていると、大和は何かデジャブを感じた。

サイズに多少の違いはあるものの、全員仔犬同然の姿でわいわいしているだけなのに、なんだろうか？　と首を傾げる。

（――あ！　そうだ。市民プールの小さい子用だ。これはもう、銭湯や日帰り温泉施設の先入観は捨てて、泳がない温水プールだと思うほうがわかりやすいってことだ）

考えを切り替えたので、大和は水着使用で行くことにした。

ここへ来てから決めればいいとは思っていたが、すでにズボンの下に穿いてきたのは、学生時代の名残だ。特に寒さも感じないので、こうなったら衣類を脱いで、バスタオルを手に、ウサギの湯でもどこでもゴーだ。

（烏丸さんに感謝だな。ペットカートには蓋がついてるし、ロッカー代わりになって丁度いい）

大和の準備ができたら、早速みんなでシャワーを浴びて、一緒に入れそうな湯に移動する。

だが、ざっと見渡しても、オオカミにコヨーテ、子狐に狸、ホンドオコジョに鴉と鳩だ。狼とソウ、そして大和を除けば、だいたい中型犬以下の体長だ。

それなら、まずは未来たちに合わせてみんなでウサギの湯へ行き、子供たちが満足してから、大人はもう少し深いほうへ入り直せばいいだろう——ということになった。

なので、一度は全員で浅くて温めの温泉へ入る。

大和からすれば、完全に保護者つきで子供用の温水プールだ。

(全員が本体姿で、それも未来くんたちを囲って、輪になって入るとか楽しすぎる。烏丸さんと鳩会長が、狼さんの尻尾にとまって深さ調整してるのもたまらない！　というか、こんちゃんが大きくならないのは、サービスかな？　もしくは二日酔いのせい？)

それにしても、いつの間にか子供たちに巻き込まれて、行動を共にさせられているソウが、時間が進むにつれて更に気の毒なことになっていく。

大和とは一番離れた向かい側に身体を浸しているが、子供たちを監視しつつも、溜息ばかりだ。

そこへ、すっかり元気になった狸里が「一緒に来るとか、珍しいこともあるんだな」と声をかけていた。

だが、狸族の次期トップにして、妖力度合いからいってもこの世界のトップクラスにいるだろう彼が相手では、狼を相手にするより警戒心が増していそうだ。

最初にオラオラされたときから比べると、かなり萎縮《いしゅく》して見える。

しかも――。

「ほー。それで奴らも一緒に来たのか」

「はい」

「ってか、素直じゃないよな、ソウも。どう考えたって、あのチビたちはまだ変化ができないんだから、水袋を洗ったのは、かろうじて獣人になれる奴だろう。ましてや、その夕イミングだ。チビたちが〝拾ってきた〟と言ったところで、落とし主の察しは充分つくだろうに――、くくくっ」

こんちゃんから一緒に来た経緯を聞かれたので説明をすると、大和は水袋が戻ってきたときから（もしかして？）と想像していたことそのままを言われて、胸が弾んだ。

「あ、やっぱりそうですよね！　もしかしたら、そうじゃないかなって気はしていたんですが――。でも、孤塚さんにそう言ってもらえると、僕の想像が正しかったと思えて嬉しいです」

ソウが変化をしてまで水袋を洗い、乾かしてくれた。

場合によっては「ラッキー！　このままうちで使おう」だったかもしれないし、狼に届けて「ありがとう」と言わせたくて、そうしたのかもしれない。

これればかりはソウに確かめなければわからないことだが、それでも水袋自体はリンゴのお礼と共に〝飯の友〟まで届けられた。

それがコウたちの独断であっても、ソウからの指示であっても、大和からすれば、彼らに対しての好感が増すだけだ。

心からはしゃぐ大和を見て、こんちゃんも嬉しそうに尻尾を一振りする。

「このままソウさんたちとも飯の友になれたらいいな」

「コヨーテたちとも飯の友か……」

そうして大和はこんちゃんと共に視線をソウへ向けてみた。

「！」

すると、丁度目が合ったので、思い切って笑いかける。

（あ、まだ無理か）

結果は、またプイと顔を逸らされてしまったが、先ほどよりは拒絶感が減ってきた気がした。自分の気の持ちようもあるだろうが、そう思うことができたのだ。

（そのうち彼にも、ブラッシングケアができるといいな）

大和はふと、考えた。

それこそ何年先でもいいし、いつかきっと——と。

大和からするとウサギの湯は半身浴だっだが、それでも身体はポカポカしていた。

ランチタイムに合わせて一度上がると、いったん変化できる者たちは獣人へ。

そして、休憩所で狼やドン・ノラが用意してくれた、具だくさんなおにぎらずやサンドイッチ、飲み物を広げてみんなで食べる。ちょっとしたピクニックのようだ。

また、これがあったので、未来オススメのコーヒー牛乳はまだ飲んでいない。

このあと「食後休憩を取ったら、もう一度温泉に入ろうね」と約束しているので、湯上がりにグビグビするのは、あとでの楽しみだ。

「えー！　そうなの？　すごい！」

「だろう！」

「あのね、未来もね――」

それにしても、普段ならここぞとばかりに大和にべったりしていそうな未来や永と劫だったが、この場はコウたちとのおしゃべりに夢中だった。

（未来くん。コウくんたちと仲良くなって嬉しいみたい。やっぱり年頃が近いからかな？　コウくんとヨウくんが未来くんよりお兄さんで、テイくんは小柄だけど永ちゃんと劫くんよりもお兄ちゃんなんだっけ。でも、一緒にいるとわかるけど、コウくんたちのがキツネ顔っぽくて、鼻筋とかもシュッとしてるんだな――）

大和としては少し寂しい気もするが、それでも可愛さ爆発の笑顔には敵わない。

みんなで楽しそうにじゃれたり、わいわいしているのを見ていると、自分まで嬉しくなってくる。

（みんな可愛い。あ、ソウさんもチラチラ見ながら嬉しそうにしてる。これなら今後も一緒に遊べる機会が増えそうかな）

更に食も進むというものだ。

（――あれ？）

ただし、これればかりは偶然だろうが、狼とドン・ノラが作ってきた品の中に、まったく同じ具材の入った、サンドイッチとおにぎらずがあった。

それこそ前に海堂からもらって食べた、ハムとレタスにチーズのものだ。

これには大和も狼たちも驚いたが、この際だから食べ比べてみよう――となって、全員で分けて味比べをしてみることにした。

ソウやコウたちにも参加してもらってだ。

すると、みんなどちらも普通に美味しく食べられたが、ドン・ノラだけはこう言った。

「うーん。概念が邪魔をする」

とても単純な話だが、彼の場合は「味や食感がどうよりも、サンドイッチもおにぎりも定番なものが一番好きだから、食べ比べたときにそれ以上の美味しさを感じない。マズいわけじゃないけど、なんか違うになるんだ」と言ったのだ。

（ああ！　なるほどね）

すでに海堂が妻と話し合うと言っていたので、これはもう必要がない答えの一つなのかもしれない。

ただ、大和自身はここでドン・ノラの正直な感想が聞けたことで、海堂の苦手だという感覚への理解に、また少し近づけた気がした。

狼や烏丸、孤塚にしても、「確かに、そういうことはあるかもな」と、大きく頷く。

（概念に好みか――。本当にこればかりは個人差なんだな。それにしても――）

ここで大和は無意識に溜息を漏らしていた。

「どうかしましたか？　大和さん」

すかさず烏丸が声をかけてくる。

「あ、すみません。やっぱり僕以外の人間は来ていないな――って」

ここは誤魔化しても仕方がないので、正直に答えた。

休憩所や温泉場には、大和たち以外にも動物や獣人たちがいた。

しかし、人間はいまだに一人も見かけなかったのだ。

「あー。出入りしている人間は、各扉を通じて一定数いるけどね。ただ、みんな仕事持ちで忙しい上に、それぞれに行きつけの店があるから、大概はそこでリフレッシュして終わってるんだと思う。うちに来る人間もそんな感じだし」

「それに今は昼ですからね。だいたい来られるのは仕事終わりが多いですよ」

残念そうにしている大和に、ドン・ノラと鳩会長が答えてくれた。

自分たちがやっているイタリアン・バルでの様子を参考にしたものだろうが、言われてみれば、それはそうだという話だ。

鍵を持つ人間が大人で通常勤務の社会人なら、今日ここで会える確率はそうとう低い。

「あとは、狼店主のところのように、小さいお子さんがいる店はこのあたりにはないですからね。そうなると、大和さんのように、子守を含めて休日まで遊びに来てくださる方そのものが、希少なんだと思いますよ」

「――あ、なるほど」

ましてや、大和自身が稀な存在なのだと言われれば、これ以上気にしてもしょうがない。

「大和さん。ご縁があれば、ばったり会うこともありますから」

すべては烏丸の一言に尽きる。

(ご縁か。そう言われると、今日は行きにソウさんたちに会ったことが、もう偶然というよりは縁だもんな。これ以上何もなくても、不思議ないか)

納得したところで、休憩所にモーじいさんが入ってきた。

「大和〜っ。あ、いたいた！　もうお昼はすんだか？　すんでいたら、今からちょっと腹ごなしをせんか？　一時間くらい乳搾りを手伝ってくれたら、みんなの分のコーヒー牛乳をご馳走するぞ〜。どうじゃ？」

大和たちが挨拶をする間もなく、名指しで声をかけられる。

しかも、いきなりバイト要請だ。

対価もしっかり告げられる。

「あ、はい。やります！　やらせてください、モーじいさん‼」

だが、大和はこれに勢いよく挙手をした。

「え？　大和くん。今日は休みに来たんじゃ⁉」

「だって、みんなにコーヒー牛乳ですよ！　もちろん、お手伝いのあとには、もう一度お湯に浸からせてもらいますけど、これは受けなきゃ損でしょう」

食事前には服を着ていたこともあり、そのまま立つと座敷から下りて靴を履く。

「大和さん。何か、損得の基準がおかしくないですか？」

「そんなことはないですよ。僕の労力で皆さんにご馳走できる機会なんて、なかなかないですからね」

若干困惑気味で引き止めてきたのは、狸里と鼓。

しかし、ここは狼や烏丸が「まあまあ」「ここは大和さんの好きなように」とフォローしてくれた。

こうなったら止めるだけかえって時間の無駄だとわかっているのだろう。

以前、いきがかり上乳搾りをすることになったときも、大和は狼たちに「久しぶりにやりましたが、楽しかったです」と報告していたからだ。

「え⁉　大ちゃん、乳搾りするの？」

「見せて見せて！　俺たちも見たい！」

おしゃべりに夢中になっていた未来やコウたちも、これには一斉に振り返って声を上げた。

「そうしたら。みんなでいったん牧場のほうへ行こうか。ご飯は終わってる？」

「はーい！　ご馳走様でした」

バイトがあっという間に子供たちのお楽しみイベントに早変わりだ。

未来やコウたちが大和を追いかけ、一斉に動き出す。

「――きゃんっ」

だが、ここではりきりすぎたのか、テイがすっ転んだ。

「「テイ！」」

「テイちゃん」

慌ててみんなで囲むも、すぐに起き上がった。

特に怪我《けが》はないようだ。

「きゅ～んっ」

ただ、滑ったときの感覚が肉球にでも残っているのか、テイは右前脚を浮かせて、心細そうに鳴いた。

その様子に気づくと、大和はすぐにジーンズのポケットに入れていたハンカチを取り出し、テイの足に巻きつける。

気休めにしかならないが、靴下代わりだ。

「これで大丈夫だと思うよ」

「あん！」

初めは不思議そうにしていたテイだが、すぐに大和の意図を理解したようだ。

ハンカチが巻かれた右前脚と大和の顔を交互に見ては、嬉しそうに尻尾を振っている。

すると、これを見たソウが、大和に頭を下げてきた。

「すまない。ハンカチは洗って返すから」

「あ、気にしないでください。これはテイくんにあげますので。とはいっても、動き回っていたら、すぐに外れるか、外したくなっちゃうとは思いますけどね」

「……、ありがとう」

思いがけないところで発せられたソウからの言葉に、大和の顔に笑みが浮かぶ。

「どういたしまして」

そう返しながら、改めて子供たちに「さ、行こう」と、牧場への移動を促した。

（ご縁——か。よし！）

「も〜んっ」

その後、狼たちも牧場へ移動してきて、大和は乳搾りの腕前を披露することになった。

「わ〜。大ちゃん、上手！」

「でしょう‼」

「はい。これは永ちゃんと劫くん、テイくんの分。搾りたてだよ」

「「「あん！」」」

子供たちには喜ばれ、狸里たちには「これは立派な隠し芸だ」などと褒められ、その上モーじいさんからは約束のコーヒー牛乳をもらった。

二度目に入った温泉から上がったときには、未来のオススメだったグビグビもみんなでできて、大和自身も大満足だ。

途中で乳搾りのバイトを挟んだことで、細やかながら達成感まで味わえたのも、よかったようだ。

「未来。そろそろ帰る時間だぞ」

「はーい。えっちゃん、ごうちゃん、カートに入って〜」

「「あんあん」」

そうして大和たちは、四時近くまでモーモー温泉で過ごした。

「では、またそのうち」

「じゃあな～」

ここで別れるのはドン・ノラと鳩会長。

そして、行き同様に荷物と、すっかり遊び疲れて眠たくなった永と劫をカートに入れて、空から運んで帰る烏丸。

あとの全員は徒歩で同じ方面だ。

さすがに行きは運ばれてきたこんちゃん、狸里、鼓も帰りは自力だ。

いったん〝飯の友〟へ寄るとあって、一緒にゾロゾロと歩く。

「それじゃあ、俺たちはここで」

「あんあん。あーんっ」

そうして帰路の半分まで来ると、ソウたち四匹はキノコの森からリンゴの森へ続く道で分かれていった。

すぐに外れてしまうと思われたハンカチも、テイが気にかけていたのか、最後まで巻かれていたのが、大和もなんだか嬉しかった。

「テイちゃんが大ちゃんに〝ありがとう。またね〟って言ってたよ」

しかも、ここへ来て未来は変化をすると、大和の手を取り、繋いできた。

「そうなんだ。通訳、ありがとう」

「へへっ」

残りはここぞとばかりに大和に甘えて、〝飯の友〟まで戻った。

6

モーモー温泉から帰宅した夜、そのまま狼たちの母屋に泊めてもらった大和は、翌日の午後まで未来たちと過ごしてから自宅へ戻った。

だが、午前中のうちには、フェア用の推しＰＯＰ制作の要点をまとめるなどはしていた。

やはり狼が作ってくれた、甘辛味噌の角煮おにぎりの味が忘れられなかったので、大和は詳しいレシピを聞いて、これで書くことにしたのだ。

そうして帰宅後は、自室の掃除と溜めてしまった洗濯物を洗いつつ、推しＰＯＰを制作。

就寝前には、かろうじてシャワーだけは浴びたが、疲れが出たのかベッドへ横になったところで意識を失うように眠っていた。

しかし、忙しくも慌ただしい二日間だったが、充実していた。

おかげで翌朝はスッキリ目覚めて、少し早めのランチタイムを〝飯の友〟で過ごした。

狼から海堂へのお礼弁当を預かる目的もあったからだ。

（それにしても。超豪華～‼　推しおにぎりフェアの手伝いにもなればとは言ってたけど、

狼さんすごすぎる。手毬《てまり》寿司みたいに、具を変えた小むすび九つと、絶品おかずセットだなんて。海堂さんが歓喜に震えるかも）

そうして大和は、狼から預かった小むすび弁当を持って、出勤時間よりも少し早めに職場へ入った。

メールで確認を取ったときに、本日早番の海堂の食事休憩は、十二時半からだと知らされていた。

遅番の大和は十三時からの仕事になるので、その三十分前にロッカールームへ入り、海堂にお弁当を手渡し。その場で食べてもらって、見た目や味の感想をもらえたら、狼も嬉しいだろうと思い、行動していたのだ。

「すみませんでした！　俺が余計なことを言ったばかりに」

「本当だよ。こういうときばっかり気を利かせやがって。同じ礼を言うなら、別の言い方があっただろう。昼代も馬鹿にならないから助かったとか、そっちのほうで」

「ごめんなさい」

だが、大和は通用口からバックヤードへ向かったところで、藤ヶ崎が海堂から責められているとわかるやりとりを耳にした。

「どうしたんですか？」

思わずその場に立ってヒソヒソしていた鮮魚の親方とレジパートの女性・長谷川《はせがわ》に声を

かけてしまう。

「いや、俺もよくわからなくて、今、聞くところだったんだ」

「それが今さっき、海堂さんのお母さんと奥さんが、お子さんたちを連れて買い物に来たんですよ。今日はみんなで御苑まで遊びに来たからって」

するとと、長谷川が首を傾げながらも、話し始めた。

「ただ、それを聞きつけた藤ヶ崎くんが、なんかお礼？　を言いに行ったみたいなんだけど。そこへ、たまたま海堂さんが来たら、奥さんがすごく怒っていて。そのまま言い争って、店を出ていってしまって。それをまた、お母さんと子供たちがすぐに追いかけていったんだけど――。わかっているのは、この流れだけなんです」

これを聞いて大和は、嫌な予感しかしなかった。

親方や長谷川は何が何だかさっぱりという顔をしていたが、大和には思い当たる節があったからだ。

(藤ヶ崎のお礼で奥さんが怒ったって――。まさか、海堂さん！)

大和は慌てて二人の声がしたほうへ走る。

「――いや。違う。すまない。お前の対応は普通だし、本来なら褒めるべきところだ。ごめんな。俺が悪い」

「海堂さん？」

だが、大和が駆けつけたときには、海堂が藤ヶ崎に謝り、頭を下げていた。

いきなり責められ、今度は謝られて、これには藤ヶ崎のほうが混乱している。

「あ、大和。早めに来てくれたんだ」

海堂たちの声を聞きつけたのか、誰かから知らせを受けたのか、この場に白兼も駆けつけた。

「はい。友人から、先日のお弁当のお礼にって、海堂さんへのお返し弁当を預かったので」

「そう。そうしたら、そのお弁当を渡しがてら、ちょっと海堂から事情を聞いてもらっていい？　藤ヶ崎と店は俺が見るし、タイムカードも押しておくから。ね」

「はい」

白兼の判断は今日も早かった。

休憩時間の関係もあるのだろうが、この場で海堂には大和と外へ行くように指示。

藤ヶ崎には、このまま自分と来るように声をかけて、いったん事務所へ入っていった。

白兼から指示を出されたこともあり、海堂はとりあえず人気《ひとけ》のない場所を探して、通用口から外へ出た。

マンションの裏に周り、丁度駐輪場が目にとまったのか、屋根もあるしそこへ移動する。

そうして「立ち話で申し訳ない」とした上で、まずは大和に事のあらましを説明してくれた。

大和自身は、預かったお弁当はリュックの中に入れて背負っていたので、特に不都合もなくそのまま話に耳を傾ける。

「え⁉ 奥様は、藤ヶ崎のお礼で、お弁当をあげていたことを初めて知ったんですか？ それって海堂さんが、僕たちにお弁当をくれたことをまったく話してなかったってことですよね？ そうしたら奥様から食育話を聞いたり、おにぎらずが苦手でって話は？」

「食育の話は、切り出した。しっかり話も聞いた。けど――」

単刀直入に言うならば、大和が休んでいたこの二日間、海堂自身の問題はほとんど解決していなかった。

大和はてっきり、今日は海堂からいい報告が聞けるものだとばかり思っていたので、この進展のなさには驚いてしまう。

本当なら、何か他に言い方があるような気がしたが、驚きすぎて、まったく思いつかなかったほどだ。

「今のおにぎらずが子供の中では、マイブームになってるらしくて。これだと、長男が幼稚園でもお弁当を残さないし、次男三男も公園でピクニックごっこみたいな感覚でよく食べてくれるから、バリエーション増やすのを頑張ってる。あと、今頃パパも食べてるねって言うと、苦手だってわかってる食材でも、気合を入れて食べてくれるから、これも助かってるって喜ばれてさ——」

ただ、海堂が何もしなかったわけではなかった。

むしろ、大和たちからのアドバイスどおりにしてみたからこそ、こうなっていたようだ。

「あ……。はい。それで、全部一緒の味が苦手だから、お弁当箱に詰めてくれとは言い出しにくい状況になったわけですね」

大和もここは想像がつくだけに、一緒に肩を落とすしかない。

海堂は、行き場のない思いをぶつけるように、足元にあった落ち葉を軽く蹴る。

そして更に話を続けた。

「まあな。でも、これから一推しフェアもあるし、期間中は仕事にかこつけて弁当は休みでとかって言えるかな——とか。実際、今日は大和の知り合いから差し入れが入るからって断ったりして。そこは特に気にする様子もなかったから、とりあえずフェア期間に気分転換したら、まだしばらくは苦手と戦えるか？　さすがにその頃には、子供も飽きるかもしれないし。飽きなくても、普通の弁当に変えて、それでもしっかり食べられるように協力していこうって言ってみればいいかなとか、考えてたんだ」

聞けば、苦手を黙ったまま、円満解決も考えていたようだ。

間に外食を入れたり、白兼や大和に状況を理解してもらえたりしたことで、溜まっていたストレスが軽減した。気持ちに多少の余裕も出てきていたのだろう。

それにもかかわらず、結果がこれだ。

海堂自身もまさか、「そこまで来たから寄ってみたの」で、こうなるとは想像もしていなかったのだろう。

かといって、それは藤ヶ崎と奥さんも同じはずだ。

大和は、運が悪かったとしか言いようのない展開だなと思った。

「ただ、それはそれで、せめて藤ヶ崎や大和に譲ったことは言っておくべきだった。理由は何とでも説明できたんだから。けど、何も言っていなかったところで、藤ヶ崎が礼を言っちまって。しかも、話のノリで、あの日は俺が惣菜気分だったらしいとまで言っちまったもんだから、何それ知らないってなって」

「あ——。それで余計なことをってことだったんですね。だったら、藤ヶ崎が奥さんのお弁当を羨ましがったとか、お金を貯めたいのにランチ代も馬鹿にならないと愚痴ったら、自慢のランチを譲ってくれたんです——みたいに言ってくれたら。まだ奥さんもビックリしつつも〝そうだったのね〟とか〝喜んでもらえてよかったわ～〟とかですむのにってことだったと」

奥さんからすれば、きちんと食育の話を聞いてもらった。

夫婦として、また子供たちの両親としてコミュニケーションもしっかり取れていると確認したあとだけに、この展開は天国から地獄の気分だったかもしれない。

それこそ、海堂との話し合いがなければ、受ける衝撃もまだ少なかったかもしれないのに――。

タイミングが悪かったとはいえ、難しいものだ。

（とはいえ……。藤ヶ崎の性格からすると、すでに感謝を伝えているから、何にも考えないで惣菜気分って言葉を口にしたか。場合によっては、俺が気にしないようにそう言ってくれたんだと思います――ぐらいのつもりで、発言した可能性も否めないんだよな。もともと、思いついたまま口にするタイプだし。ただ、根本的に言葉が足りない。けっこうちゃんと考えているのに、肝心なことを飛ばして話すことも多いから、それで誤解を与えるんだよな……）

いずれにしても、意図せぬところで話が拗れた。

海堂も、お弁当の一回二回なら、あげたことを隠す必要はなかったし。「実は自慢もしたくて食べさせたんだ」「美味しかったって」と、言い訳される分には、奥さんだってそこまで悪い気はしないだろうし、ここまで怒ることはなかっただろう。

だが、これが孤塚も言っていた、海堂の「妻子に嘘をついたり、誤魔化したりするのが苦手」なところだ。

正直や気遣いが仇《あだ》になるケースで、今さっき、海堂が奥さんに怒られたのもこれだ。気の利いた嘘がつけなくて黙っているなら、全部正直に言ってくれたほうがまだマシよ、というものだ。

「——でさ。結局、妻の勘がすこぶるいいもんだから、もしかしてお弁当が嫌になってたの？　って切り込まれて。そういうわけじゃない、その日はたまたまだって言ったんだが、これがまた悪かったみたいで」

〝それなら以前は、帰ってきてちゃんと言ってくれたでしょう。急に外食になったから、バイトに食べてもらったとか。惣菜部の味見が来たから部長と分けたとか、正直に話してくれたのに。何も言わなかったってことは、話せない理由があなたの中にあったからでしょう！　私に言いづらいか、言いたくない理由が！〟

「それで、私の料理が嫌になったんだったら、はっきり言ってよってぶち切れられたもんだから、俺も勢いで、そうじゃないって否定して。マジで、本当のことを言ったんだけどさ——」

そうして海堂は、奥さんに言われるまま、正直にぶちまけた。

「そうしたら、真顔で意味がわからないって、怒って出ていった。多分、想定外のことを言われて、わけがわからなくなったんだと思う。もともと俺は好き嫌いはないほうだし。それに、もの自体は藤ヶ崎や大和も美味しいって言ってたし、俺も食べられないほど嫌かと聞かれたら、そこまででもない。この混ざりは苦手だな、続くときついなってだけだからさ」

しかし、海堂の苦手や口下手のために、余計に奥さんを怒らせた。

大和自身も最初はまったく理解できない内容だったので、ここは奥さんの気持ちがよくわかる。

普通に聞いても難しいのに、喧嘩腰では尚更のことだっただろう。

大和は「そうでしたか」とだけ言って、一度深呼吸をしてみた。

(本当に、難しいな。いっそ、これだけは無理、嫌いってものなら、もっとはっきり言えただろうに。でも、アレルギーでもない限り、大の大人が苦手なだけって言いづらいよな。食育もそうだけど。大好きな奥さんが一生懸命手をかけてくれてるのにって考えたら――、やっぱり今を乗り越えて、時を待って、円満解決が一番望ましいってなるんだろうし)

それでも孤塚が言ったように、続けば飽きることもあるし、ドン・ノラが言ったように概念が邪魔をすることもあるのは現実だ。

すると、海堂が腕時計の時間を気にしながら、頭を下げてきた。

「ごめんな。また、こんな話に付き合わせて。店長やみんなにも、謝らないと」

「――海堂さん」

外へ出てから、まだそれほど経った気はしないが、このあたりは副店長だ。

たとえ問題が起こったとしても、個人のことなら休憩時間内で気持ちをリセットしたいのかもしれない。

「でも、聞いてもらったら、けっこう落ち着いた。それにしたって、こんなの完全に個人の問題だからな。今日こそ帰ってから、順序立ててきちんと話すよ。でもって、解決策をきちんと見つけるから」

「はい」

再び海堂が歩き始めたので、大和もそれに倣った。

「――で、例の友人からのお礼弁当って今日だよな？」

「はい。ちゃんと預かってますので、食べたら感想をお願いしますね」

通用口を通り、そのままロッカールームへ移動をすると、大和はリュックの中から小むすび弁当を取り出し、長テーブルへ置く。

海堂は備えつけの洗面台で手を洗って、早速席に着いた。

使い捨て容器の蓋を開く。

「――っ‼　すごいな。料亭の仕出しみたいだ」

二つ重ねられた容器の一段目には、色とりどりの小むすびが九つ。

二段目には、ナスの紫蘇巻きに蓮根の炊き合わせ、出汁巻き玉子にほうれん草のおひたし、豆腐田楽《でんがく》に切り干し大根のサラダと、家庭でも出てきそうな和総菜だ。

ただ、さりげない盛りつけや食材の切り方が丁寧で、種類も多いので、とても手の込んだ弁当に見える。

あとは使い捨て容器であっても、重箱のように見える正方形のものなので、これが収められた料理と相まって、海堂に「料亭の仕出し」と言わせたのだろうと、大和は内心ガッツポーズだった。

本当なら、こむすびの具から惣菜の一つ一つまで、自分なりに「これはここがいいんですよ」「美味しいんです」と解説したいところだが、グッと堪える。

いつもの脳内感想ならまだしも、口に出したら海堂が食べるのを邪魔する勢いで語ってしまいそうなのが、自分でもわかるからだ。

「よし！　ありがたくいただいて、まずは残りの仕事を乗り切るぞ。いただきます！」

「そしたら僕は仕事に」

「おう。頼むな！」

一応は落ち着き、元気も取り戻したように見えたので、大和は自分のロッカーに向かった。

上着を脱いで、リュックの中から洗濯を終えたエプロンを取り出して、身に着ける。

そうして、仕事に不要な荷物をロッカーへしまうと、パタンと扉をしめて鍵をした。

「では、いってきます」

一足先にロッカールームを出ると、大和は事務所に寄って白兼に報告。

その後は持ち場に向かうべく、店内へ移動した。

「いらっしゃいませ」


一度仕事に入れば、時間が経つのは早い。

「大和。レジも大丈夫そうだから、休憩どうぞ」

「はい。ありがとうございます」

大和は担当棚の補充や整頓、レジのサポート、接客などをこなすうちに、休憩の時間を迎えた。

時計の針は五時半を回ったところで、少し早いが夕飯を摂るかどうかは自分次第だ。

(どうせ帰ったら少し口に入れたくなるし、軽めのものを選んで——⁉)

ただ、大和がバックヤードへ移動したときだった。

つい今し方早番仕事を上がったばかりの海堂が、何やら血相を変えて飛び出していった。

大和の休憩時間が予定どおりなら、弁当の感想を言いたいから、のんびり着替えて待ってるよ——などと言っていたのに、何事だろうかと思う。

「——え⁉　海堂さんの奥様が、あれから家に帰ってない？」

「うん。そうみたい。子供たちは海堂さんのお母さんが一緒だから大丈夫らしいけど。こんなことは初めてだから、さすがに心配になって、連絡をしてきたみたい」

「それであんなに慌てて――」

だが、たまたまバックヤードで作業をしていたパートやアルバイトが言うには、何事だろうかどころではなかった。

「まさか、実家に帰っちゃったのかな？」

「実家は近いんですかね？」

「――どうだろう」

パートたちも不安そうに口にする。

（え？　それって家出ってこと？　いや、奥さんが実家に帰るなんてことになっていたら、ただの家出より大ごとだよな、この場合）

自分に何ができるわけではないとわかっているのに、大和は衝動的に海堂のあとを追ってしまった。

通用口から出て、地下鉄の最寄り駅へ走ろうとした。

「大和さん」

だが、これを引き止めるように、誰かが自分の名を呼んだ。

「⁉」

声のしたほうを見ると、電柱の陰に身を隠すようにしてこちらを覗く烏丸がいた。

「え、烏丸さん⁉」

これまでこのパターンで現れるのは、こんちゃんだった。

だいたい個人的な急用で、大和に助けを求めるときだ。

しかし、烏丸が個人的にというのは、考えづらい。

大和は、狼か未来たちに何かあったのだろうかと血の気が引いた。

「――え⁉　海堂さんの奥さんが、新宿御苑で野生の動物相手に愚痴り続けてたんですか？　それも昼から？」

だが、よくも悪くもこの予想は大きく外れた。

烏丸が知らせに来てくれたのは、海堂の奥さんの目撃証言だった。

「はい。そうらしいです。なんでも、お昼にお弁当を買って食べているところへ、野ウサギたちが顔を出したら、ちょっとくれたらしくて。それで、少し側にいたら、いきなり話しかけられて、愚痴り始めて――。更に泣き出したものだから、引くに引けなくて。腹をくくってみんなで付き添っていたらしいんです」

話の経緯を聞くと、それはどんなメルヘンかと思った。

おそらくは、先日運動会に参加していた野ウサギたちだろうが、それにしてもだ。

「けど、やっと落ち着いたかと思ったら、急にふらっと立ち上がって。今、ジッと玉藻池《たまもいけ》を見てるから、これはマズいって。誰か呼んでこいってことで、私に知らせが」

しかし、話は数秒で一変した。

大和は今にも悲鳴が上がりそうになったが、そこをグッと堪えて、通用口から中へ向かって叫ぶ。

「――っ、すみません。ちょっと、出てきます！」

同時に新宿御苑に向かって走り出す。

それでも玉藻池と言えば、大木戸門のほうだ。

旧・新宿門衛所から入って、御苑内を全力疾走するとしても、直線コースではないので、六百メートル近くは走ることになる。

「烏丸さん！　万が一が怖いので、先に行ってください。さすがに、そこまで深さがあるような池だとは思わないですけど」

「承知しました！」

大和は先に烏丸を飛ばして、そこからは必死に走った。

近年、百メートルでさえまともに走った記憶がないのに、いきなりこの距離をとなると、店の自転車を借りてこなかった自分を思い切り罵《のの》りたい。

（――いっ、いた！）

それでも後半はヨロヨロだったが、どうにか玉藻池まで辿り着いた。

海堂の妻とは面識がないが、足元には野ウサギが、そして頭上に烏丸が飛んでいるチュニックにジーンズ姿の女性がいたので、大和は彼女に間違いないだろうと確信して腹の底から叫んだ。

「海堂さん！　海堂さんの奥様！　間違っても、早まったことはしないでくださいっ！」

「え――、っあっ！」

突然名指しで呼ばれた女性が驚き、勢いよく振り返る。

だが、そこで体勢を崩し、足を滑らせたものだから、彼女はそのままひっくり返ってしまった。


あわや池に落ちるかと思ったが、そこは彼女自身がどうにか踏ん張った。

その場に尻餅こそついてしまったが、足を捻《ひね》るや打ち身等の怪我もなく、衣類も両手ではたけば汚れが落ちる程度で収まった。

「失礼しました。さすがにここへ飛び込むはないですよね。変なこと考えてしまって、ごめんなさい！」

それでも大和は土下座せんばかりの勢いで謝り、実際に膝を折ろうとして彼女に止められた。

「そんな、謝らないで。私のほうこそ、ごめんなさい。昔から水を見ていると落ち着くの。だから、それでつい……。でも、もうこんな時間だし――。余計な心配をかけてしまったのは、私のほうだから――。あ、先に家族に連絡を入れるわね。いくら、お義母さんが一緒だったからって、子供を置いて。母親として無責任すぎよね」

彼女自身も血相を変えた大和の姿を見て、自分が心配されてることを自覚したのだろう。その場で取り出したスマートフォンの電源を入れると、まずは家に電話をかけていた。

相手は海堂の母親だ。通話から子供の声もした。

彼女からの話を耳にする限り、「とにかく連絡がついてよかった」と安堵だけを伝えられたようだ。

すでに店を出て、地下鉄に乗ってしまっている海堂には、こちらのほうからも知らせを入れるから――とも、海堂の母親に言ってもらっていた。

また、通話を切ると、彼女は大和に断りを入れて、海堂のほうへもメールを打ち始めた。まずは心配をかけて申し訳なかったこと、説明は帰ってからすること、追いかけるかたちになるけどすぐに帰るので、そのまま家にいてほしいことなどを送ったようだ。

「結局、お義母さんにまで謝らせてしまったわ。あ、海堂とは家に帰ってから、きちんと話し合うので……」

そうして必要な連絡を終えると、彼女はジーンズのポケットにスマートフォンをしまい、改めて大和に頭を下げてきた。

ここからは、「じゃあ」と言って、大木戸門から最寄り駅へ向かって歩き出す。

大和も店へ戻るので一緒に歩き出すが、少しでも海堂や藤ヶ崎のフォローがしておきたくて、思い切って話しかける。

すでに野ウサギの姿はなく、側にいるのは頭上で様子を見守り続ける烏丸だけだ。

「あの、すみません。海堂さんも藤ヶ崎も、それから僕も口下手なところがあるんですけど、決して悪気はないというか、奥様には感謝しかないので」

「え、あ……。はい。ありがとう。悪気なんか感じていないから、安心して。二人のことは、主人からも聞いているし。特に大和さんには甘えて、頼りすぎてしまって、白兼さんにも叱られたことは、私も知ってるから」

大和は彼女の二、三歩あとをついていった。

彼女は少し申し訳なさそうにしていたが、自分は上司の妻だ。

大和の気遣いも汲《く》んでいるのだろう、程よい距離を保って、斜め前を歩き続けてくれた。

「ただ、そういうふうに、なんでも話す人だったから、まさかお弁当のことで口を噤《つぐ》むなんて思ってもみなくて。しかも、嫌いじゃないし、食べられなくもないけど、苦手で辛いって――よくわからなくて」

「あ……。そこは単純に、本来ならワンプレートで出されるような具材が一緒になってるのが、美味しく感じられないってことなんだと思います」

そうして大和は、自分なりに気づいた海堂の苦手について説明を始めた。

「美味しく感じられない？」

ふっと彼女が振り返る。

この間も大和は、これまでの経緯を踏まえて、何か簡単でわかりやすい喩えがないかを探した。

最寄り駅である新宿御苑前は、大木戸門と旧・新宿門衛所の中間ぐらいにある。

さすがに立ち話で引き止めてまでとは思わなかったので、そこへ至るまでに話し終えられるようにと思ったのだ。

「はい。好みと言ってしまえば、それきりなんですが。ただ、奥様の料理は基本大好きなので、口に合わないのと、美味しく食べられないことに、地味にストレスを溜めたみたいです――。あ、これが正しい喩えになるかどうかはわからないですが、梅干しに塩漬けと紫蘇漬けってあるじゃないですか。どちらも普通に食べられるけど、中には紫蘇が加わると駄目って人がいたり。また、紫蘇漬けは好きだけど、これに砂糖が載ったら無理ってなる人がいると思うんですよ」

「え⁉　紫蘇梅干しに砂糖？」

「はい。確か東北のほうに、そういう食べ方もあります。市販でも、酸味より甘味が勝ってる梅干しがあるでしょう。ハチミツ入りとか、そういうパターンです」

しかし、大和がこれならと探し出した喩えに、彼女はものすごく驚いていた。

これに関しては、出身地にもよるのだろうが、少なくとも彼女が知らなかったことはわかる。

だが、今回はそのほうが都合がいい。

これを喩えにするなら、紫蘇梅干しに砂糖は想定外くらいのほうが、伝えやすいからだ。

「――で、このいろいろ混ざってくると苦手になる人と、甘みが入ると逆に食べやすいってなる人がいると思うんですが。ようは、海堂さんは何種類も違う味が乗っかってくると無理っていうか。もともと基本に近い味のほうが好きだから、食べられなくはないが、美味しく感じられないってことなんだと思うんです」

「でも、彼。太巻きは食べるけど？」

しかし、大和と違い〝意味がわからない〟の初期段階にいる彼女は、自分もわかりやすい喩えを出してきた。

大和からすれば、そう来るか⁉ だ。

ただ、太巻きや恵方巻きと言われる分には、まだ返せる。

「それは、最初に食べたときから、これが完成形という認識だから、大丈夫なんだと思います。でも、おにぎらずって、この年になって初めて食べ始めたもので、なおかつ具材の組み合わせがほぼ無限大ですよね？　こうなってくると、海堂さん的には、見知った具材がそこにあるのに、合わせ食べると微妙に知ってる味じゃないって感じで——。そこが苦手なんじゃないでしょうか？　とはいっても、これはあくまでも僕の想像なんで、結局は海堂さんのみぞ知るになるんですが」

だが、大和は途中から、自分でもよくわからなくなってきて、これなら素直にドン・ノラの「概念が邪魔をする」のほうがよかったのか？　と不安になってきた。

すると、

「ん〜ん。あ……、でも、なんとなく理解できてきたわ。私にとっては、組み合わさっても普通に美味しい梅干しなんだけど、彼にとってはこれは梅干しじゃない味になってるってことよね。ただ、食べられないほどじゃないから、食べるけど。違和感を覚えながら食べ続けていたら、嫌気が差してきた。もう無理——みたいなってことで」

「はい！　そんな感じだと思います」

彼女のほうから、大分歩み寄ってもらったかたちだが、理解はしてもらえた。

しかも、「嫌気が差してきた」とは、まさにだ。

おそらく海堂も大和も自分が作り手ではないので、こうした言い方は自然に避けてしまったのだろうが。半月は頑張ったところまで含めても、最終的に嫌気が差してしまったで大正解だ。

「そっか。それは考えたことがなかったわ。どちらかというと、なんでも美味しい美味しいって言って、食べてくれる人だし。それは、子供の頃からそうだったって聞いていたから。余計に、子供たちの好き嫌いは、私のせいよねって思って工夫してきたんだけど。まさか、ここで彼のほうに好き嫌いが出てくるとは、想像もしたことがなかった」

だが、そろそろ最寄り駅近い、新宿一丁目南《しんじゅくいっちょうめみなみ》の横断歩道まで来たときだ。

赤になった信号で、彼女の足が止まった。

「私、どうしてお義母さんみたいに、ちゃんとできないんだろう」

通り過ぎた車にかき消されそうになっていたが、大和は確かに彼女が伏し目がちに呟いた言葉を聞いた。

（お義母さんみたいに、ちゃんとできない？）

信号が赤から青に変わる。

すると、彼女は一度クルリと振り返り、大和に向かって会釈をしてきた。

「とにかく、ちゃんと夫婦で話し合って解決するわね。職場で食事の時間が苦行になってるとか、最悪だものね。それじゃあ、本当にありがとう。今後とも海堂をよろしくお願いします」

その後は前を向いて、横断歩道を渡っていった。

彼女が足早に地下鉄の入り口を目指すのを見送ると、大和もそのまま歩いて、旧・新宿門衛所へ向かった。

そうしてふっと空を見上げると。

「それじゃあ、仕事に戻ります。いろいろ、ありがとうございました」

大和はずっとついてきてくれていた烏丸に礼を言って、横断歩道を渡った。

慌てて出てきてしまった店へ戻った。

＊　＊　＊

大和が戻ったときには、すでに海堂の母から白兼宛に連絡が入っていた。

〝大変、お騒がせしました。私の確認が足りなくて――、おかげさまで、嫁と連絡が取れました。私の早とちりです。すみませんでした〟

そんな言葉で、謝罪が伝えられていた。

なので、白兼からの通達もあり、そこから先は海堂の話はここまでとなった。

時間的にも忙しくなり、またパートとアルバイトの交代時間などにも重なっていたため、大和も目の前の仕事に追われるうちに、本日の閉店時間を迎えることになったのだ。

そこから雑務を一時間程度行い、タイムカードを押して店を出たときには、十時を回っている。

（結局、夕飯どころじゃなかったから、帰って何か作らなきゃ。さすがに〝飯の友〟も閉店時間だし）

考えたら余計に空腹感に見舞われたが、大和は旧・新宿門衛所を通り過ぎて、自宅へ向かった。

「カー」

突然背後から聞き覚えのある鳴き声が響く。

（え？　また烏丸さん⁉）

一日二度も何事だろうと振り返ったときには、すでに烏丸は身を翻《ひるがえ》して、〝飯の友〟へ戻っていく。

大和は、今度こそ誰かに何かあったのだと察して、旧・新宿門衛所のほうへ走った。

（何？　いったい、今度は誰⁉）

「どうしたんですか、狼さん！」

そうしていまだに暖簾がかかり、明かりの点いた〝飯の友〟へ駆け込むと、そこには神妙な顔をした狼と烏丸。

そして、なぜかコウとヨウにソウまでいる。

「大ちゃん！」

「「だーっ」」

しかも、こんな時間だというのに、未来も永と劫も起きていた。

特に未来は大和の顔を見るなり、「うわ～んっ」と泣き出し、両手を広げて大和の足にしがみついてきた。

「何？　本当にいったいどうしたの？」

いきなりのことすぎて、展開についていけなかった。

大和はその場にしゃがむと、未来を抱きしめながら、今一度店の中を見渡した。

すると、この時点で一匹足りない。

それはすぐにわかった。

（テイくん？）

そこへ、コウとヨウが説明を始めると、大和は信じられない気持ちでいっぱいになる。

「――え!?　テイくんが行方不明!?　多分、人間界で迷子って、どうしたらそういうことになるの？」

「大ちゃんにリンゴを届けに行ったんだと思う。朝、小さいけど、すごくおいしいリンゴの木が実をつけたんだ。ね、コウ兄ちゃん」

「うん。そうしたら、テイがそれをもらったハンカチに包みだして。俺、次に会ったときに、お礼にあげるんだなって思ったから。大ちゃん喜ぶね――って言ったら、大きく頷いて」

しかも、この説明にはソウまで加わって――。

「それを、俺に首に巻いてほしいって訴えてきたから、てっきり何かの遊びだと思って巻いてやったら、機嫌よく歩き回っていたんだ。だから、これって、なんとかごっこみたいなもんか？　って思い込んでいたら、いつの間にか、いなくなっていて……」

「いっ、いつの間にかって――、烏丸さん！」

一瞬、「保護者がいながら何をしているんですか！」と叫びそうになったが、今はそれどころではない。

大和は、こんなとき頼りになる彼の名を呼んだ。

「すでに野鳥たちや孤塚さんたちには伝えて、探してもらってます。ただ、テイさんの目的が大和さんなら、まずは一緒に探してもらえれば、向こうから匂いを嗅ぎつけて、出てくる可能性も高くなるかな――と」

すでに話は人間界の仲間たちに伝わっていた。

深夜に迷子を探すなら、夜目の利く彼らのほうが確実だ。

しかし、こちらから探すだけでなく、あちらからも探してもらうというのは名案だ。

むしろ、大和からすれば、こんなときに自分にもできることがあるほうが嬉しい。

「わかりました。そういうことでしたら、今すぐにでも――と、どうしたの未来くん」

ただ、早速探しに行こうとしたときだった。

大和に抱きついていた未来の腕にいっそう力が入った。

いったいどうしたのだろうかと思い、大和は未来の背を撫でる。

「ごめんなさいっ……。未来が、温泉のときに、人間界のお話しした」

すると、大きくしゃくり上げながら、未来が説明を始めた。

これには狼たちもソウたちと顔を見合わせ、耳を傾ける。

「大ちゃんが……、未来の首に、絆《きずな》の輪っかを繋げてくれると、人間界でもお散歩ができるんだ～って。でも、未来一人でも……、栗をハンカチにくるんで、大ちゃんに届けに行ったこともあるんだよ～って、話しちゃった」

大和の脳裏に、モーモー温泉の休息所でのことが思い起こされる。

〝えー！　そうなの？　すごい！〟

〝だろう！〟

〝あのね、未来もね――〟

（あのときか！）

いつにも増して頬を高揚させて、目を輝かせていた未来の姿が目に浮かぶ。

それが今は――だ。

「きっとテイちゃん、真似したんだよ。未来、一人で行ったら、迷子になったのに。すごく怖くて、お漏らしもしちゃったのに……。ちゃんと全部言えばよかったよ～っ。ごめんなさ～いっ」

大和にしがみついて謝り続ける未来は、今この瞬間、言葉では表せない後悔や反省を感じているることだろう。

（ああ……。未来くんでも、カッコつけちゃうことがあるんだね。多分、テイくんだけでなく、年の近いコウくんやヨウくんもいたから、背伸びしちゃったのかな？）

大和はそんな未来を抱きしめると、頭や背中をゆっくり撫でる。

すっかり元気をなくしている耳に、そして尻尾がいつにも増して愛おしい。

それに、大和はこんなことがなかったら、ずっと知らないでいたかもしれないことを未来から聞くことができた。

（でも、未来くんは首輪やリードを〝絆〟って呼んでくれてたんだ。もしかしたら、狼さんや烏丸さんが、そう教えてくれたのかもしれないけど――）

仕方がない、これは人間界においては、未来と未来の安全に絶対不可欠なものだ。

そうわかっていても、大和は気持ちのどこかで〝友達に首輪をつけて歩くなんて〟と、悩んだ日もあったのに――。

すると、

「未来、泣くなよ！　テイの兄ちゃんは俺たちなんだ」

「そうだよ。俺たちがちゃんと見てなかったから」

泣き腫《は》らしている未来の膝に、コウとヨウが頬をすり寄せた。

こうして話はできても、二匹はまだ変化ができない。

それがわかっているから、未来は温泉場では、変化をしなかった。

コウたちに目線を合わせて、大和からも少し離れて、これからはコヨーテたちとも仲良くしようとしていた。

それこそ大和がやきもちを焼きそうなくらい。

だが、そんな未来がみんなに話をしていたのは、大和との絆であり、そして大和との仲良し自慢だ。

「でも……っ」

「未来みたいにちゃんと見てたら、テイは迷子になってなかった」

「うん！　未来はいいお兄ちゃんだよ！　狼さんも烏丸さんも、大ちゃんも他のみんなも、いつもちゃ〜んと見てて！　みんないいお兄ちゃん！」

だが、それはそうと、ここへ来てソウはコウとヨウに「でしょ！」と言わんばかりに視線を向けられ、ガックリと肩を落とした。

「――」

こんなときにとは思っても、返す言葉のないソウを見ていると、大和は思う。

（子供って、正直すぎる）

ソウにしても、決してわざと見失ったわけではないはずだが、今回ばかりは、どうしようもない。

だが、だからこそ大和は意を決した。

いまだにベソベソしている未来の腕を掴んで、その場でしっかりと立たせる。

「そうしたら、未来くん！　僕と一緒にテイくんを探しに行こう。僕だけより、きっと未来くんもいたほうが、テイちゃんも匂いを探しやすいよ」

「大ちゃん……」

そうして、驚く未来から視線を狼たちへ向ける。

「お願いします、狼さん。こんな時間にってことは、わかってます。でも、どうか僕たちもテイくん探しに行かせてください！」

今の未来の反省と後悔を、少しでも減らしたくて、大和は今日ばかりは特別に――と頼み込んだのだ。

すると、

「――それを言うなら、こちらから頼む。未来にテイ探しをさせてやってくれ。今夜の俺は、人間界へは出られない。月の見えない夜では、まったく役に立てないからな」

ふいに苦笑いを浮かべた狼の視線が、ソウへ向けられた。

「本当に、申し訳ない。俺からも頼む」

身体を二つに折るソウの姿、そして狼の言葉から、大和は今夜が新月だったことを知る。

（——あ、そうか）

太陽か月があれば、人間界でも完全変化できる狼。

だが、仮にそれらがあっても、もともと妖力が弱くてかろうじて獣人になれるだけのソウ。

どちらも許されるなら、元の姿に戻ってでも、今すぐテイを探しに行きたいだろう。

だが、すでに成獣となった彼らには、危険が伴《ともな》いすぎてそれができない。

（月の見えない夜——）

しかし、今は何を思うより、考えるよりも、テイ探しに行くのが先だ。

大和は一度頭を左右に振った。

「大和さん。これを」

「ありがとうございます」

大和は烏丸が奥から持ってきてくれた、未来の首輪とリードを受け取った。

未来はそれを見ると変化を解いて、豆柴の仔犬にも似た本体に、大和から首輪とリードをつけてもらう。

二人の絆——そして目に見える繋がりをだ。

「カーッ」

「⁉」

――と、店の外から鴉の声が聞こえた。

瞬間、烏丸の顔つきが変わる。

勢いよく店から出ると、今一度「カー」と鳴いた鴉からの知らせを、大和に告げる。

「テイさんです。どうやら、それらしい子を見かけた者がいるようです」

「どこで⁉」

「歌舞伎町のほうです」

7

一方、生まれて初めて人間界へ出たテイは、まだまだミルクが好きなコヨーテの幼児。

だが、体長こそ永と劫より小柄に見えても、月齢は少し上だったこと。

また、すでにコウ、ヨウと一緒になって、リンゴの森も駆け回れるようになっていたことから、大和たちが思うよりも、足腰がしっかりしていた。

（大ちゃんのリンゴ♪　大ちゃんのリンゴ♪　大ちゃんのリンゴ♪）

未来に教わった謎な歌も、ちゃっかり自分用にアレンジ。

前脚ほどの小さなリンゴをハンカチに包んで、首に巻いてご機嫌で歩く。

とはいえ、〝飯の友〟があるのが旧・新宿門衛所あたりなら、リンゴの森があるのは丁度玉藻池周辺だ。

大和に会うには、そこからテッテッと歩いて、まずは旧・新宿門衛所まで行き、人間界へ出なければならない。

それこそ大和が走って、ゼーハーしていた距離だ。

そこから更に、鴉たちから目撃情報が報告がされた歌舞伎町となると、人通りも車通りも多い道路をひたすらテッテッテッと歩き続けていかなければならない。

だが、そもそも大和に会いに行ったのなら、旧・新宿門衛所から出た目の前にある店を、どうして通り過ぎてしまったのか？

それは、テイがそのあたりを通ったときに、大和が店にいなかったから。海堂の妻に「早まらないで」と言って駆けつけた、丁度玉藻池のあたりにいたからだった。

皮肉なものだが、完全なすれ違いだ。

しかも、人間界には人間界に住む野良たちの縄張りがある。

至るところから、美味しい匂いもする。

テイは野良猫に喧嘩を売られるといった、ある意味このあたりのオラオラした洗礼こそ受けなかった。が、代わりに夕飯時の香りに誘われ、あっちをウロウロ、こっちをウロウロしている間に、気がつけば立派な迷子となって、繁華街を歩いていたのだ。

そうこうしている間に、日没の時間となり、あたりは窓から漏れる明かりとネオンに彩られていく。

（わ！　ピカピカ。未来兄ちゃん、こんな冒険して、大ちゃんのところへ行ったんだ～。すごーっ！）

見る間に変わっていく景色。

行き交う人間たちの雰囲気から、耳に入る音まで、すべてが荒々しいものになっていく。

（あれぇ？）

最初は好奇心で軽かった足取りも、自分がいったいどこにいるのかわからなくなったところで、不安と疲れが一気に襲ってきた。

「きゃんっ！」

気がつけば、人目につかないビルの隙間を進んで、足元がおぼつかなくなったところで、躓《つまず》いてしまう。

モーモー温泉で転んだ時には、すぐにみんなが駆けつけ、大和が優しくハンカチを巻いてくれたのに、今は誰もいない。

（……っ）

自分で起きて、自分で肉球をペロペロして、どうにかしなければならない。

（リンゴあるから。テイへーき）

それでもテイは、首にかかる重みを感じながら、立ち上がった。

（テイには、大ちゃんにもらったハンカチあるし。ちゃんとソウちゃんに首に巻いてもらったし。これって、未来兄ちゃんが言ってた〝きじゅな〟だよ。テイ、大ちゃんに会えるよね！）

首に感じる温かさに元気をもらって、とりあえず今より明るいところを求めて、歩いていく。

（……誰もいない。もう、疲れた……。お腹へった）

それでも初めて迷い込んだ歌舞伎町のビルの隙間は、テイには暗くて長くて終わりのない大きな穴のように思えた。

せめて明るいところへと思っても、もう疲れて歩けない。

だが、テイはとうとう座り込んで、そびえ立つビルの隙間から頭上を仰いだ。

一本の線のように明るく見える空は、テイの知っているそれではない。

月の見えない夜空をも明るくする人間界の明かりは、テイにはなんの力も与えてくれないのだ。

（大ちゃん、どこ～？　鴉さんたちも見えないよ～っ。ふぇ～んっ）

とうとうテイは泣き出してしまった。

しかし、全身がビクンと震えるような怒号が響いてきたのは、このときで――。

「嘗めてんじゃねぇぞ、この野郎！」

テイは「ひっ！」と驚きの声を漏らしてしまったが、声のしたほう見ると、大きな生き物がいるのが見えた。

（――あ！　熊さんいた！　テイ、森に帰ってきたんだ！）

すでに重怠《だる》くなった四肢を奮い立たせて、テイは森の仲間のところへ向かって歩いた。

（熊さん！　熊さ〜ん！）

聞こえてくる怒号は、近づけば近づくほど大きくなっていく。

「粋《いき》がってんじゃねぇぞ、よそもんが。ここあたり一帯は、前世紀から磐田会《いわたかい》のお膝元。昨日今日出てきた奴が、デカい顔してんじゃねぇぞ！」

一際目立つ大柄に仕立てのよいスーツ姿で、今夜も兄貴は二人の舎弟と共に、歌舞伎町界隈を巡回していた。

それでも、今どきは停滞する組同士が表立った抗戦をするなど流行らない。

巡回したところで、兄貴の脳内マップに印のされた場所の野良猫たちに、煮干しを配りに行くのが日課だ。

こんなガチな威嚇《いかく》をするような同業相手と遭遇することは、ワンシーズンに一度もあるかないかだ。

「兄貴！　カッコいいっす」

「やっぱ、決めるときは決める漢《おとこ》だよな〜っ」

だが、こうした緊張感があるからこそ、彼らは自身の中に血肉が躍《おど》る極道魂をどうにか繋ぎ止めていた。

もはや敵対組員など、ここではレアキャラに会うような感覚だが、それでもこうした一触即発《いっしょくそくはつ》が、今にもただの可愛いもの好きなおっさんになりそうなところに、歯止めをかけているのだ。

「なんやと！　テメェらこそ引き継ぎでもして、このあたりを任されただけの、ちょっと前までよそ者野郎じゃねぇのかよ！」

「わしらはな、おのれらの先代総長の時代から、ちゃーんとここに事務所を構えとんねん。西の播磨《はりま》を嘗めるなよ！」

とはいえ、表立って騒ぎを起こせば、今の世間の風は氷点下だ。

それを自覚もないまま絡んでくるような相手は、昔気質《かたぎ》の極道というよりは、時代に乗り遅れただけの老いたチンピラだ。

兄貴はまだしも、今世紀デビューの舎弟には、通用しない絡みが多い。

「微妙っすね。あれって、もう何十年もシマを奪えないまま都民税を納めてるって、バラしてるだけっすよね？　ってか、もう関西弁を真似してるだけの関東人みたいになってませんか？」

「うーん。そういう解釈をするお前の緊張感のなさもすごいがな。これが世代差か？」

絵面としてはオラオラしているが、すべてが微妙だ。

「あんっ」

しかも、迷子のテイが最後の力を振り絞って歩み寄ってきたのは、こんなときだ。

「！」

「⁉」

兄貴と、そして睨み合っていたはずの相手が、一瞬にして足元へ寄ってきた小さなテイに目が釘づけになる。

「うわっ。先輩、ヤバいっす！」

「どかせ！　兄貴の発作が出る」

しかも、舎弟たちの顔色が変わったときには、もう遅い。

兄貴は秒で片手でテイを掬《すく》うように抱き上げ、自分の懐《ふところ》へ入れてしまった。

その姿は熊の鮭獲りそのものだ。

しかも、これを見た相手の男が、即座に顔色を変える。

「うぉぉぉっ！　おのれ、何しとんじゃ！　その子は今、わしんところへ来ようとしたやろ！　何、勝手なことしてんじゃ‼」

「うわっ！　こんなときに兄さんの病気が！」

「勘弁して！」

こちらはこちらで連れていた二人の弟分が、悲鳴を上げた。

「「⁉」」

一瞬、舎弟たちは鏡に映る自分の姿でも見ているのかと思った。

だが、そんな幻は瞬《まばた》きをしている間に消えていく。

「うるせぇ。寝言は寝て言え。とっとと家に帰って夢でも見てろ！」

兄貴が懐に入れたテイをよしよししつつ、シガレットケースを取り出した。

慣れたもので、片手作業でそれを開いて、中の煮干しをテイの前へ差し向ける。

「あん！」

そう。これは夢でも幻でもなく、現実だ。

「あーっ、その煮干し‼　まさか、ワシの癒し、可愛い野良のみーちゃんに餌《え》づけしてやがったのはテメェか！」

「兄さん！　それ以上はあかんっ」

「組の威厳にかかわりますっ！」

この状況を目にしたところで、兄貴の舎弟たちは、新たな争いの火蓋《ひぶた》が切られたことを察した。

しかも、この争いは、これまでに遭遇してきた漢《おとこ》同士の争いなど足元にも及ばない熾烈なものになることが、この時点で想像ができる。

「るせぇ！　どうりで毎日通ってきたみーちゃんが来なくなったわけだ。もう我慢できねぇ、テメェらやっちまえ！」

「えええっ！　その理由は殺生《せっしょう》ですって」

相手の若いのが叫ぶも、老いた兄さんの目がマジだ。

当然、来るなら来やがれと、テイを片手に煽《あお》りまくる兄貴も今年一番のテンションだ。

だが、ここに新たな刺客が送り込まれる。

「——あ！　ってか、兄さん。みーちゃん、みーちゃん！　あそこで見てるの、野良のみーちゃんじゃないですか⁉」

「おおっ！　確かに、あれはワシのみーちゃん‼」

「みゃんっ」

もはや、舎弟たちからすれば、第三の組織が自分たちを争わせて、漁夫《ぎょふ》の利《り》でも狙っているのではないかと想像するほどだ。

そんなことを考えている間に、相手の兄さんは突如として姿を現した仔猫に両手を広げて寄っていく。

「久しぶりやの～っ。元気にしとったか？　今、しーっかり見たやろう。あんな、無節操な餌づけをするような不届き者に、煮干しごときで騙《だま》されたらあかんで。ワシんとこには、みーちゃん用のちゅーちゅーを箱買いしてあるからの～っ。さっ、行こか」

満面の笑みで抱き上げると、もはや兄貴のことなど気にしていない。

「おっ、覚えてろよ！」

「違うやろうっ！　おい、お前ら！　今夜のことはこっちも忘れてやるさかい、そっちも必ず忘れるんやで！　いいか！　バラしたら、バラし返してやるからな！　ＳＮＳで拡散して、動画アップもしてやるからな！」

お付きの若い者たちも慣れたもので、潔《いさぎよ》い撤収《てっしゅう》の中でも、ものすごい釘を刺していく。

「うわっ！　動画アップだけはやめろ！」

「――ってか、兄貴！　何、泣いてるんですか！」

「みゃんちゅわ～ん」

だが、そんなことより今は、可愛がってきた野良猫の一匹を突然敵対する組織の兄さんに持ち去られて、膝から崩れかけている兄貴を支えるほうが先だ。

しかし、幸運なことに、兄貴の手の中には、もらった煮干しを咥えて空腹を満たすテイがいる。

「兄貴！　二兎を追う者、一兎をも得ずですよ。ここはむしろ、みゃんちゅわんが仲裁に入ってくれたと思いましょう」

「そ、そうですよ。きっと兄貴のことを思って、この子と一緒にあいつらを撤退させてくれたんですよ。ほら、みゃんちゅわんのことばっかり目で追ってると、今度はこの子が泣きますよ」

舎弟たちはここぞとばかりにテイを持ち上げ、なんなら一緒に頭を撫でる。

「あん」

見知った森の熊さんとはちょっと違った気はするが、それでも優しく抱っこをされて、煮干しをもらって、舎弟たちによしよしもされて、一気に地獄から天国だ。

嬉しくて、くすぐったくて、テイは兄貴の手の中で尻尾を振りまくった。

「はっ！　なんて可愛いんでちょうね〜っ」

「あんあん」

少しばかり傷心だった兄貴も、これにはイチコロだ。

舎弟たちは、ひとまずホッと胸を撫で下ろす。

だが、兄貴に抱かれて喜ぶテイに、舎弟の一人がふと漏らした。

「それにしても、なんかデジャブを感じるんすけど、最近は仔犬にこうやって荷物っぽいものを首に巻くのが流行りなんすか？」

「あ、本当だ。迷子の柴っ子に遭遇したときも、こんなだった。あのときは、歩くうちに外れちまってたが――。確かに、最初に見たときは、こんなカッコだった」

以前迷子になった、未来との出会いを言っているのだろうが、しかしこれに兄貴が反応した。

「……柴？」

そう言って眉間に皺を寄せると、自分を見上げて尻尾を振るテイの顔をじっと見た。

「どうしたんすか？　兄貴」

首を傾げると同時にスマートフォンを取り出し、何かを検索し始めた。

すると、立ち尽くす彼らの背後から、複数の足音がすると同時に、声がかけられた。

「兄貴さん、いいところに！　ちょっとお聞きしてもいいですか！」

「あん！」

未来を連れた大和と、そして途中で合流した孤塚だ。

「ん？」


十分前――。

鴉たちからの情報で歌舞伎町へ来たものの、未来を連れた大和は途方に暮れていた。

(早く見つけなきゃ！　テイくん、いったいどこまで行っちゃったんだろう？　あの歩幅でも、ずっとウロウロしていたら、それなりに歩いちゃいそうだしな)

大和がテイからも探してもらおうと歩き回る傍《かたわ》らで、未来も鼻を利かせてテイを探していた。

途中で合流することになった孤塚も、テイが潜り込みそうな場所や物陰を見て回るが、今は深夜でテイは小さい。

ネオン街としての明るさはあるものの、やはり月夜とは違う。

「まいった」

孤塚が肩で息をし、こんなことを呟く姿は、大和も初めて見た。

彼ほどの妖力があっても、やはり新月と満月とでは疲れ方に差が出てしまうようだ。

（――孤塚さん。知らせを受けたときから、ずっと探してくれているから、余計にしんどいんだろうな。人間だって何時間もはきついし、それを変化した姿でずっとだ。お店で接客しているのとは、体力の使い方だって違うだろうし）

それでも大和たちは、テイを探して回った。

だが、上空では野鳥たちに合流した烏丸が、地上では連絡を受けた狸里たちが、協力し合って大捜索を展開しているのに、テイ自身もハンカチも、それこそリンゴ一つも見つからない。

「――あ、兄貴さんたちだ」

「本当だ。聞いてみよう」

「はい」

それでも大和は、夜でも見間違えることのない後ろ姿を見つけて、声をかけに走った。

どんなに厳《いか》ついヤクザであっても、テイを探すとなったら、心強い味方だ。

それは孤塚や未来も同じなのか、期待を寄せて一緒に走る。

「兄貴さん、いいところに！　ちょっとお聞きしてもいいですか！」

「あん！」

そうして大和が声をかけると、兄貴と舎弟二人が同時に振り返った。

「ん？」

「あん？」

すると、兄貴の懐で煮干しを頬張るテイの姿が現れ、これには大和も孤塚もビックリだ。

「嘘！　テイくん！」

「マジかよ」

「わん！」

この際だから、事情を話して、一緒に探してもらえれば――とは思ったが。

ちゃっかり懐に入っているテイを見たら、魔法かと思った。

「あんあん！　あん！」

大和たちを目にした迷子のテイも、大喜びだ。

尻尾をパタパタしながら、大和たちのほうへ短い両前脚を精一杯伸ばしてくる。

「――は？　迷子の仔犬って、またお前か」

だが、そんなテイを兄貴は放さなかった。

それどころか、テイに両手を伸ばした大和からさえ庇うように、抱え込んでしまう。

「あ、いえ。飼い主の方は別で……」

ホッとしたのも束の間、大和に新たな緊張が走った。

大和一人ならまだしも、この場には未来もいるのに——いつもの兄貴と違う。

孤塚もそれは感じたのか、一歩引いたところから、大和と兄貴を見つめる。

「その飼い主が〝またか〟って話だよ！　何をどうしたら、こんな可愛い子ちゅわんたちを、毎回毎回迷子にするんだ！　もう、三匹目だぞ。そんなんで、多頭飼いするってどうかしてんだろう！　世の中嘗めてんのか！　事故にでも遭《あ》ったら、取り返しがつかねぇだろうが！」

ただ、兄貴の言い分は、間違っていなかった。

むしろ、ペットを飼うなら、その子を迷子にしないのは基本中の基本だ。

ここで怒られても当然のことだ。正当な叱りだ。

大和は真っ先に頭を下げる。

「ご、ごめんなさい！　ごもっともな話ですっ。でも、どうか飼い主さんのことは悪く言わないでください。前の未来くんも、今夜の仔犬も、僕に会いに来ようとして脱走したので。それに、こんちゃんに関しては、そちらの拉致監禁《らちかんきん》だったわけですし！」

それでも兄貴から「三匹」と言われたことだけは訂正した。

未来とテイの迷子はさておき、こんちゃん姿だった孤塚に関しては、大和の家に匿われていたところを、兄貴のためにと拉致したのは、舎弟の二人だ。

「……っ」

さすがに痛いところを衝《つ》かれて兄貴が黙った。

彼の背後に立つ舎弟は、冷や汗がダラダラだ。

ひとまず落ち着いてもらうことには成功したようだ。

「せ、責めてないですよ。ただ、僕は飼い主さんだけの責任ではないと言いたいだけで」

「わ、わかった。けどな、さすがにこいつを逃がすってどうなんだ？　その飼い主って、お前が知らないだけで、悪徳ブリーダーかブローカーじゃねぇのか⁉」

しかし、今夜の兄貴は、やはりいつもと違った。

こいつ——テイを大和に見せながら、険しい顔をする。

「悪徳……？」

いきなりのことに、大和はそのまま聞き返す。

これには孤塚も怪訝《けげん》そうな顔をするばかりだ。

「仔犬仔犬って言ってるが、こいつはどう見てもコヨーテだろう。コイドッグでもコイウルフでもなく、野生かそれに近いコヨーテ。本来なら北米や中米にいるやつで、動物園から脱走してくるにしたって、今、日本にいたっけか？　仮にいたとしても、こんなチビじゃここまで来られないし、むしろ誘拐《ゆうかい》されて連れてこられたようなレベルだろう」

兄貴はそう言ってスマートフォンを取り出すと、大和たちにテイとそっくりな野生のコヨーテの画像を突きつけてきた。

兄貴からすると、どういう経緯でテイが飼われているのかはわからないが、野生に近いコヨーテであることだけは確信したのだろう。

だが、そすがにこの誤解はどうしたものかと思う。

確かにテイは野生のコヨーテだが、だからといって都合上「飼い主」と呼ばせてもらっている狼が悪徳ブローカーなわけがない。

「さ、さすがにそれはないです」

大和は予期せぬ展開に、兄貴の言い分を否定することしかできなかった。

「だったら俺を、今すぐその飼い主のところへ連れていけ。そうでなければ、こいつは返さねぇ」

「ええっ⁉　そんな、いきなり――。無理です」

だが、兄貴からすれば、未来やテイの飼い主は、可愛い子たちを迷子にした、管理不行《ふゆ》き届きの前科二犯だ。

話の都合上、こんちゃんや永と劫まで一緒に飼っていると思われている、兄貴からしたら羨むばかりの可愛い子ちゃんハーレム飼い主だ。

「俺はこいつを拾った恩人だぞ。本当に、ヤバい奴じゃないのか、見極める権利がある。

そもそも飼い主だったら、直接会って俺に礼を言うのが、筋ってもんだろうっ！」

「……っ」

こんなときばかり筋を通してくる兄貴が、正論すぎて大和は困った。

だが、さすがに自分の手には負えない内容とあり、背後に立つ孤塚に目配せをした。

＊　＊　＊

「カー」

甲高い声を上げて舞い降りてきた烏丸が、未来と目を合わせながらビルの壁を這《は》う配管にとまる。

それに兄貴たちが気を取られたところで、孤塚が大和に耳打ちをした。

「ここは言うことを聞いたほうが早い。俺が奴を狭間世界へ誘導する」

「それって〝飯の友〟を普通の居酒屋みたいな感じで紹介するってことですか？　今夜は新月ですけど――。あ、人間界に出なければ、狼さんも完全変化で接客できるんでしたっけ？　でも、万が一耳や尻尾が出ちゃったら？」

大和は孤塚が兄貴を案内すると言ったことに、まず驚いた。

確かにこのまま彼を納得させて、テイを引き渡してもらうことは難しい。

強引に奪い返すようなことをすれば、相手が相手だけにあとを引く。

大和も孤塚も彼らと面識がある上に、孤塚は職場や自宅を、また大和は自宅をすでに知られているのだ。

「それでもいい。むしろバラして、俺たちに飼い主なんていないことをわからせるほうがてっとり早い。狭間世界を知ったところで、鍵が合わなきゃ記憶が消し飛ぶだけだ。明日には全部忘れてるんだから、かえってスッキリするだろう」

（あ、そうだった）

孤塚の言葉に大和も狭間世界への人間の入退出と鍵の有無によるルールを思い出す。

これから孤塚が兄貴を同伴するかたちで〝飯の友〟へ行き、そこで狼たちと会い、狭間世界の存在を認識したところで、今後も彼が出入りを許される人間かどうかは、狭間世界そのものが判断する。

兄貴にその鍵があるか、また狼たちが構える扉と鍵が合うか。

鍵が合えば、今後は一人でも行き来ができるし、なければ今夜の記憶がなくなるだけだ。

そもそも未来やテイたちと出会いがあったことさえ、忘れてしまう。

「わかりました。でも、だとして一度に三人も？　記憶のあるなし以前に、さすがに危険じゃないですか？　万が一にも争いになったら――」

それでも大和には不安が残った。

その顔を見上げて、未来も息を呑む。

「そうしたら、ここは私に任せて」

するとと、いつの間に側まで来ていたのか、大和たちの足元にドン・ノラが現れた。

大和の足から背中を駆け上り、肩に乗って話しかけてきたのは、小さな身体につぶらな瞳が愛らしい、ホンドオコジョ。彼、本来の姿だ。

「ドン・ノラさん。どうして?」

「テイ探しを手伝ってくれてたんだ。けど、何をする気だ?」

驚く大和、そして孤塚がドン・ノラに問う。

「まあ、見てて」

すると彼は、今度は大和の背中を下って、一瞬姿を消した。

「いつまでごにょごにょ言ってんだ!」

「いいから兄貴と俺らを連れていけ!」

「待ってください。さすがに皆さん全員は」

「なんだと!」

不安ばかりが募る大和に、舎弟たちが移動を迫り、兄貴が吠える。

(ひっ!)

すると、肩を竦ませた大和から、なぜか兄貴たちの視線が一斉に逸れた。

「いたちゅわん⁉」

どうしたのかと思えば、ドン・ノラだ。

それも舎弟たちの足元に姿を現し、なぜか彼らに身を寄せ、見上げている。

その姿に一番驚いているのは、誰あろう兄貴だ。

「あ、あれ？　なんで今夜は俺らに？　いつもは兄貴に向かってまっしぐらなのに」

「お腹空いてるんじゃね？　ご飯を用意するのって、俺らだろう」

いきなり懐かれている舎弟たちは、戸惑いが隠せない。

だが、思い当たる理由はあるので、兄貴の視線を気にかけつつも、悪い気はしていないようだ。

「兄貴が他の子を抱っこしてるからじゃね？　ここでお前らまで袖にしたら、二度と寄ってこなくなるかもよ〜。どうやって餌づけしたのか知らねぇが、せっかく懐いてるみたいなのに〜」

ここぞとばかり煽る孤塚に、兄貴がハッとする。

すると、すかさずドン・ノラが彼らの側から離れて、兄貴に抱かれるテイを見た。

どこか哀《かな》しい目をしたかと思うと、クルリと背を向け走り出す。

大和たちからすると、かなり演技がかっているが、これに兄貴たちがまんまと填《は》められる。

「追いかけろ！　お前らは、いたちゅわんを連れ帰って、松阪牛《まつさかうし》のA5ランクで接待だ！　富士《ふじ》の湧き水も忘れるな！」

「は、はい！」

兄貴の指示に舎弟たちがあとを追うと、適当なところでドン・ノラがわざと捕まえられているのが見てわかる。

舎弟たちはドン・ノラを大事に抱えて、それこそ赤ん坊でもあやすような笑顔を向けながら、そのまま帰っていく。

「え？　これでいいの？」

「なんだ、あいつら。いつの間に知り合ったのか知らねぇが、完全にドン・ノラの思う壺《つぼ》だな。しかも、松阪牛に富士の湧き水って」

「はい。好待遇で、おもてなしですね」

疑問は残るが、大和の前にはテイを抱えた兄貴だけが残る。

「さ、これで俺一人だ。連れていけ」

「――はい」

大和たちが兄貴に迫られ、その場を動き出した。

これを見ていた烏丸はその場から飛び立ち、一足先に〝飯の友〟へ戻った。

通りに出たところでタクシーを停めた孤塚は、兄貴と大和たちに乗るように促した。

大和は未来を抱っこする。

車で歌舞伎町から旧・新宿門衛所へ向かう。

一キロ程度の距離だが、この顔ぶれで連れ立って歩く気はないと、孤塚がきっぱり言ったからだ。

特に、ずっとテイを抱えて放さない兄貴とは！

「——さ、こっちだ」

「御苑？　とっくに閉園時間だろう」

とはいえ、孤塚が先導しているのは新宿御苑だ。

兄貴が至極真っ当な質問をする。

「飼い主は住み込みで働いてるんだよ。いいから、ほら」

「？」

孤塚が適当なことを言って誤魔化すも、頭から否定できるほど詳しいわけでもないのか、兄貴は首を傾げながらついていく。

完全に閉まっている鉄門が、兄貴には開いて見えるのだろうか？

孤塚のあとについて、そのまま通り過ぎていく。

（まさか、こんなかたちで自分以外の人間と、狭間世界で会うことになるなんて）

大和もあとについて歩くが、ひどく胸がざわついた。

大好きな〝飯の友〟へ行くのに、こんな気持ちは初めてだ。

「行こう、大ちゃん」

「――うん」

それでも絆で繋がれた未来に引かれて、大和は二人のあとを追う。

門をくぐってすぐに現れた森の様子に違和感を覚えるでもなく、兄貴は明かりの灯《とも》る〝飯の友〟へ歩いていった。

「こんなところに、小さい飯屋なんてあったか？」

御苑内に詳しいわけでもなく、深夜で周りが見えにくいとなったら、こんなものなのかもしれない。

だが、それも暖簾をくぐり、店へ入るまでのことだ。

「ただいま～。お客さん連れてきたよ～っ」

「⁉」

何を思ったのか、開口一番、未来がしゃべった。

この時点で大和は度肝を抜かれて、兄貴は混乱の第一歩を歩んでいく。

「お待ちしておりました。さ、どうぞ」

「――」

しかも、普段どおりの姿で出迎えたのは、一足先に帰宅した烏丸。

どうぞと招いた手の先には、いつにも増して賑《にぎ》やかなことになっている〝飯の友〟の光景が広がっている。

「いらっしゃい」

カウンターの中には耳と尻尾を隠そうともしない店主・狼。

「今晩は。うちのテイを見つけてくれてありがとうございました」

「おじさん。弟のテイを助けてくれてありがとう」

「ありがとー」

テイが見つかるのを今か今かと待っていただろうソウは、本来のコヨーテ姿に戻って、コウやヨウと共に「俺が保護者です」を強調する。

「あんっ」

しばし呆然としている兄貴の手からテイが飛び出し、ソウたちの中へ戻っていく。

「あんあん」

「きゅおん」

座敷のサークル内では、永と劫がお帰りなさいを猛アピール。

「おっ！　兄さん。ちびっ子の捕獲ありがとさん！　お礼に奢るから飲んでってーっ」

「こっちへどうぞ！」

しかも、そんなサークル前では、スーツの上着だけを脱いだ会社帰りのサラリーマンそのままの狸里と鼓がビール片手に兄貴に向かって、おいでおいでをしている。

当然耳と尻尾も出しっぱなしだ。

その上今夜は、鳩会長までもが同席しており、まさにくるっぽーだ。

「そしたら俺も、ここはサービスしとくか。ってか、もう今夜はマジで疲れたから、これでいいや」

トドメのように孤塚がポン！　と自《みず》ら省《か》エネ姿に戻った。

「こっ、こんちゅわん！　ホスト孤塚が、こんちゅわんに化けた——っ」

混乱を通り越して、呆然自失になりかけていた兄貴だが、さすがに目の前で変化を解かれたら声が出た。

「いやいや。本体はこっちだから。ホストのほうが仮の姿だ。そこ間違えんな」

こんちゃんは早速カウンターチェアへ飛び乗った。

烏丸に「いつもの」と合図し、ストローが刺さったドリンク剤を出してもらっている。

これだけの可愛い子ちゃん揃いの中にいても、勝るとも劣《おと》らないこんちゃんなのに、夢も希望もない中身は疲労困憊《こんぱい》しているおっさんだ。

これには大和も「あはは」と乾いた笑いが起こる。

「そしたら俺の妹は、こんちゃんに化かされて貢《みつ》いでたのか？」

兄貴がこんちゃんに飛びつくようにして、カウンターチェアの背もたれを両手で掴む。

「人聞きの悪いこと言うなよ。俺は仕事をしていただけだ。それに兄貴の妹は、もうどこぞのアイドル追っかけに復帰して、全国ツアーだろう」

孤塚はドリンク剤を「ちゅーっ」と飲みながら、年の離れた妹を思う兄貴に、更なる一撃を食らわせる。

ちなみに兄貴の妹と一緒になって、アイドルの全国ツアーを回っているのは大和の同期・深森だ。

つい先日横浜《よこはま》へ行ったかと思えば、今週は福岡《ふくおか》に行くらしい。

「……それは、そうだが。はっ！　そしたら、今うちにいるいたちゅわんは⁉　まさか、あのいたちゅわんまで実は化けるのか⁉」

それでもここまで来ると、兄貴も頭が回ってきたようだ。

ドン・ノラの妖《あや》しさに気づいて、これも孤塚に確かめる。

「それは、直接本人から聞いてくれ。今ごろ高級接待受けてるんだろうけど。どうしてそうなったのか、俺のほうが聞きたいわ」

「――、いたちゅわんまで」

何かを悟《さと》ったように兄貴が肩を落とす。

ガックリとうなだれるも、ふと、出入り口に立ち尽くしていた大和のほうを振り返る。頭の先から爪先までじっくり眺《なが》めるので、何かと思えば問いかけてきた。

「それでお前は？」

「はい？」

「それでお前は何ものなんだ？」

この上、大和が何に化けても、もう驚かないぞ――と言いたげだった。

内心で大和は（そういうことか）と思い、あるがままの自分を答える。

「僕は大和大地です」

「ここでは不動産も人のかたちに化けるのか」

あまりにさらっと、真顔で返されたので、逆に驚く。

「兄貴さん、それは山と大地でしょう！　僕は人間です、兄貴さんと同じ人間！」

「いや、俺は熊だが」

「はい？」

更にしらっと言われて、もう一度聞き返す。

「実は俺は熊だ」

「えええええっ！」

これには腰が抜けそうになる。

だが、思いのほか大声で叫んだからか、慌てて兄貴が側へ寄ってきた。

大きな掌《てのひら》でガバッと口どころか顔ごと塞がれて、こんなところで〝その筋〟の人を実感させられた。

(うわわわっ！　消される〜っ)

「嘘だ嘘！　ここまで来たら、俺も仲間になってみたくなっただけだ」

どうやら冗談だったらしいが、大和からすると質《たち》の悪い。

「驚かせないでくださいよ。ちょっとリアルでした」

「ははは。だろうな」

兄貴にも自覚はあったようだが、今度は大和が彼の頭の先から爪先まで見てしまう。

(——いや、本当に熊さんでも逆に驚かないかも)

言葉にはせず、飲み込んだが。

「でも、そうか。お前は人間なのか。ここにいたら、別の何かになれそうなのに」

それでも兄貴は、何か思うところがあったのか、大和を見ながらフッと笑った。

その顔は、新月に動きを制限されて、役に立てないと言った狼のそれと、どこか似ている。

ただそれは、自分で見えていないだけで、大和も日常のどこかで浮かべては、他人には見せているんだろうと思う顔だ。

そんなことを感じながら、

「はい。でも、僕は人間のままですけど、ここのみんなと同じご飯を食べる家族であり、飯の友です」

大和は改めて兄貴に胸を張った。

「家族であり、飯の友？」

そうして、いつの間にか変化し、耳をピコピコ、尻尾をブンブン振って側へ寄ってきた未来に向かって、

「ね、未来くん」

「ね！　大ちゃん」

心から笑い合った。


その後、兄貴は未来たちに誘われるままサークルを片づけた座敷へ移動した。

テイをはじめとする子供たちが、膝の上から肩の上へとよじ登って遊び始め、また狸里たちもそろそろ眠くなってきたのか、気がつけば本体姿で子供たちの中に混ざり込んで兄貴に寄りかかって寝ている。

すでに時計の針は零時を回っていたが、テイ探しに翻弄《ほんろう》させられた大人たちと違い、子

子供たちは元気なものだ。

それでもしばらくはしゃぐと、一匹、また一匹と夢の中へ落ちていく。

テイたち三兄弟など、最後は兄貴の胡座の中で丸まり、また重なり合って、眠ってしまった。

また未来と永と劫は、それと同じような姿で、大和の胡座の中で寝息を立てていた。

「いったん話を整理させてくれ。本来、この子らは狭間世界の子。だが、人間界へも行き来をするから、そのときは大和が飼い主代理を名乗って、この子たちを遊ばせている。合ってるか？」

「はい」

すでに鳩会長だけは、ドン・ノラのことも気になるので——と言って、帰っていった。

店の中で起きているのは、座敷で兄貴と向かい合っている大和とカウンター内にいる狼、そしてカウンターチェアに腰をかけている烏丸とこんちゃん、あとはソウだ。

「それで、個々の妖力度合いによって、人間に化けて仕事をしているキツネや狸みたいなのもいれば、店主のように地元で店をやったり、テイの一族のように群れで生活しているものたちもいる」

「そういうことになります」

静かに問答を繰り返す兄貴と大和を、狼たちは黙って見ていた。

兄貴に狭間世界の説明はしたが、鍵のことまでは話していない。

「これは夢か？」

「それは僕にはわかりません」

「――」

ふと、兄貴が考え込んだ。

足元にいるテイたちを見ながら、何を思っているのかは、兄貴自身にしかわからない。

なので、今度は大和のほうから聞いてみる。

「いきなりこんなことになっていて、怖いですか？」

「ん？」

「仔犬を保護しただけなのに、こんなことになっていて」

すると、兄貴が厳つい顔をデレッとさせた。

テイたちをそっと撫でて、

「そんなわけないだろう。これぞ、パラダイスだ」

子供たちが寝ているのでそうとう遠慮していたが、内心では万歳三唱で幼児語が炸裂されていそうだった。

（――あ、僕と同じ発想だ。いや、この場合は、僕が兄貴さんの可愛い子好きに、いつの間にか追いついていたのかもしれないけど）

大和は兄貴の「可愛いでちゅね～」が想像ができるだけに、今夜はこれでよかったのだろうと思うことができた。

「これぞまさに夢の国だ。自己実現欲求解放の場だ」

明日になったらわからないが、少なくとも今夜の兄貴はこれまで会った中で、一番デレデレしていた。

穏やかで幸せそうだったから――。

8

翌朝、大和は出勤時間前に目が覚めた。

ここのところ動き回っていたのは確かだが、さすがに昨日は走り回った上に夜更かしだ。

一時前には部屋に戻って眠りについたが、疲れた身体は正直だった。

それでも、十時間以上も寝ていたので、目覚めたときには、大分頭も身体もスッキリしていた。

ベッドを下りたら三十分で家を出なければ――という状況だったが、これも慣れたものだ。昨日から次の休みまでは遅番というシフトも、こんなときにはありがたい。

大和は普段使いのリュックに財布とスマートフォンを放り込むと家を出た。

(兄貴さんはどうしてるかな?)

大和のスマートフォンには、昨夜兄貴と交換した連絡先が登録されている。

兄貴の〝鍵〟の所在によっては、今後がどうなるのかは誰にもわからない。

場合によっては〝飯の友〟が増えるし、場合によっては思い出が増えるだけだ。

これは帰り際に狼が大和に贈ってくれた言葉だった。


そうしてシフトに入る十五分前。

大和は一応の余裕を持って出勤、ロッカールームへ入った。

「おはよー、大和！　待ってたぞ！　昨日はまたすまなかったな。ありがとうよ～っ」

「ひっ⁉」

しかし、そこでは早番で食事休憩を取っていた海堂が、待ってましたとばかりに声をかけてきた。

それこそ聞いてもいないのに、「今日からおにぎらずの具が弁当箱に詰められることになった！」と喜び勇んで報告してくれたのだ。

しかも、食育中の子供たちにも、このことは説明。

「全部食べられるなら、パパと同じお弁当箱にするよ。でも、今は残さずに食べるほうが大事だからね」

「おかずは一緒だから、パパとお揃いは変わらないぞ」

そう言って、両親揃って「どっちが食べられそう？」と聞いて、長男の園児が「お弁当箱！」と宣言。

次男と三男はまだおにぎらずピクニックを楽しみたいらしく、現状維持となった。

海堂からすると、そのうち長男に影響されて、次男三男も「お弁当箱！」と言い出すだろうということだった。

「それはよかったですね。おめでとうございます！」

今更ではあるが、大和は（海堂の息子たちは、そうとうパパっ子なんだな）と思った。

あれだけよくできた母親なら、しかも男児なら「ママ」「ママ」になっても不思議はないのに。

ただ、長男はすでに空手教室に通っているらしいので、黒帯有段者のパパは、もっと身近なヒーローなのかもしれない。

大和からすると微笑ましい限りだ。

「あと、昨夜は母親もいたから、子供を見てもらって、じっくり話し合ったんだ」

そんな食育話の流れから、海堂は妻との話も少ししてくれた。

大和には着替えなどの準備を促しつつも、さんざん世話をかけてしまった自覚がある分、報告だけはしておきたかったようだ。

「なんか――、今になって、俺の母親が立派すぎてというか、同性の目から見ても、けっこう理想的な妻、母、姑をしているから、すごいプレッシャーがあったってうち明けてくれて。それでも最近までは助かる、自分ってラッキーな嫁だわって気持ちのほうが勝っていたらしいんだが。子供たちに好き嫌いが出始めた頃から、お母さんは何でも食べる子に育ててるのにって思考に陥《おちい》ったらしいんだ」

大和は、エプロンを身に着け、リュックなどをロッカーにしまいながら、海堂の話に耳を傾けた。

昨夜はテイと兄貴のことが重なったので、思い出すどころではなかった。

それでも彼女の去り際の言葉は気になっていたので、ここはしっかりと聞くに徹した。

まずは、充分話し合えたことが、よかったようだと知って、大和もホッとする。

「普通に考えたら、だからって母親は、嫁が悪いやら躾がなってないとか言うタイプじゃないってわかっていたはずなのに。やっぱり、これまで褒めてくれていたのは、自分に手抜かりがなかったから。自分が思う理想の嫁、妻、母を頑張ってきたからだと思い込んだらしくて。そこへ、旦那が自分に黙って、他人に手作りの弁当をあげていたって知って、ものすごくショックだったらしくて――」

結婚どころか、今のところ彼女ができる予定もない大和にとっては、ある意味雲を掴むような話だった。

だが、店に来る買い物客の大半はこうした人間関係に一度や二度は、場合によっては毎日気を遣っているだろう女性たちだ。

立場を変えて考えれば、男性であっても、無関係な話ではない。

人間誰しも、自分と誰かを比べて何かしらの感情を覚えることはあるのだろうから、大和は決して他人事ではない話として耳を傾け続けた。

――ここまで聞いてしまってよいものか？　とは思ったが。

「普段なら事後承諾でも、えーそうだったの？　ごめん！　言ってよ――ですむ話なのに。気持ちに余裕がなくて爆発したんだと思うって、自己分析してた。このあたりは、本当に似たもの夫婦だよな。というか、大和に当たった俺のほうがどうかしてるって話だ。ただ、この話が耳に入ったらしい母親は、更に驚愕《きょうがく》しててさ――」

ただ、ここまでの話を聞いてみて、海堂が一番大和に理解してほしいことはなんだろうと思ったときだった。

〝えええっ！　どうしたらそういうことになってしまうの⁉　私はそんな良妻賢母《りょうさいけんぼ》じゃないわよ。人生でたったの一度も自分の趣味の時間を削《けず》ったことはないし、お父さんや子供の機嫌より、自分の機嫌を最優先に取ってるからね〟

――これだったのかな？

単純にそう思った。

〝それに、そもそもこの子の好き嫌いがないっていうのだって、空手を始めて、合宿へ行って、そこで矯正《きょうせい》されてきただけよ。それまでは偏食《へんしょく》すぎて、我が子ながら殺意が湧くほどだったんだから。むしろ、それを察知して、きっとお腹の減りが足りないんだよって、空手を始めさせたのはお父さんだしね〟

大和の脳裏には、お隣のおばあちゃんのところで会った海堂の母親の姿が思い出された。嫁と孫が可愛くて仕方がないと言っていたお母さんは、確かに自分の息子たちには、それなりに厳しかったようだ。

殺意が湧くほどの偏食――なかなかのパワーワードだ。

しかし、海堂が、なかなか他人にはわかりづらい食の好み、苦手を持っていると知った今なら、そう表現したお母さんの気持ちもわからなくはない。

さすがに子供のときには言えなかったから、今こそ言ってやるになった可能性もある。

ただ、大和は他人事だからこれですむが、当事者の苦労は計り知れないな――とは思った。

〝そう考えたら、我が子の好き嫌いや、妻の異変に気づかなかった、この子が鈍《にぶ》いってことでしょう。もちろん、私もまったく気づけなくてごめんなさい――なんだけど〟

「――で、巡りに巡って、俺の父親が気配りの人だったんだって話になって。お前にそれが足りないから、こんなことになってるんだって怒られた。最後は妻に庇われて、笑って終わったけど」

海堂に至っては、まさに「藪《やぶ》をつついて蛇」を出すことになってしまったのだろうが。

最終的に妻が庇ってくれたというなら、これはのろけ話だったのだな――で、大和はオチをつける。

それもここへ来て、海堂のお母さん自身まで夫ののろけだ。

仲のいい夫婦、親子関係だったことがよくわかる。

「それもまた強烈ですね。けど、僕も少しお話ししましたが、やっぱりいいお母様です。それは、習い事で一緒らしい、隣のおばあちゃんも言ってました」

大和は支度を終えるとロッカーを離れた。

時計を見ると一時五分前。

タイムカードを押しに行くには丁度よい時間だ。

「そうか？　まあ、なんにしても、今回は夫婦で世話になっちまったな。ありがとう」

「そんな。僕は――。結局毎日美味しいものを食べていただけですから」

「それもなんだな」

最後は笑い合って、大和は海堂に軽く会釈をしながらドアノブを掴む。

すると、海堂が思い出したように「――あ、そうだ」と言い足した。

「友人さんの弁当、本当に美味かったよ。ありがとう。あれから食べてる途中で、惣菜部長が来てさ。小むすびを見て、いっそセット販売もいいな――って言ってた。なんでもPOPを書くのに、いざとなったら一推しが選べない。二、三種類同じくらい好きだからって子が相談してきたらしいから、こういう詰め合わせなら、お得感も感じられていいだろうって」

大和は自分から聞こうと思っていたお弁当の感想だった上に、少なからず一推しフェアに役立ちそうなことを聞いて、途端に胸が熱くなった。

これを伝えたときの狼がどんなふうに尻尾を振るのかと思うと、それだけで次に行くのが楽しみだ。

明日はランチタイムに寄ってから出勤だと、速決してしまう。

「確かに、そういうのもいいですね！　少量ずつ、何種類か食べられるのって、味見も兼ねられる」

「アイデアがまとまったら、報告するって言ってたよ。なんかここへ来て惣菜部長が頑張ってるから、俺たちもはりきって行こうな」

「はい」

そうして互いに仕事へのやる気を高めて、大和はロッカールームをあとにした。

事務所へ寄ってタイムカードに手を伸ばす。

「おはよう、大和」

「あ！　おはようございます」

「フェアのＰＯＰ参加をありがとうな。角煮のレシピも助かったよ。教えてくれたお友達にもありがとうって伝えて。今度、俺からも再現レシピでお礼するからさ」

「はい」

押しているときに話しかけてきたのは、惣菜部長だった。

確かに海堂が言うように、最近の彼はやる気もさることながら、仕事が楽しそうで近くにいるだけでいい影響を受ける。

大和も見習いたい、習得したいと思う部分だ。

「それにしても、白兼店長は勝手に降りだした雨でも、地を固めるのがうまい人だな。さすがだよ」

「――？」

惣菜部長から、急に話を変えられた。

大和はいきなり出てきた白兼の名に首を傾げる。

すると、惣菜部長はニコリと笑って言った。

「海堂と大和だよ。海堂はあの性格だし、それに対して大和は控えめで気を遣いすぎるところがあるからさ。もう少し大和が遠慮なく言えるようになると、いいんだろうな――なんて見てたんだ。いずれは海堂が店長になるわけだし。白兼店長が本社に戻ったら、奴の脇を深森と大和にガッツリ支えてもらわないといけないからさ」

しかし、彼が発した言葉に、大和は少なからず衝撃を受けた。

タイムカードを持つ手に自然と力が入る。

「ってことで、お互い頑張ろうぜ！　俺たちの本当の勝負は、ある意味白兼店長が専務に戻ってからなんだから。じゃあな！」

その場で彼は持ち場へ戻り、大和もまた店内へ入った。

だが、すぐには気持ちが切り替えられない。

(確かに、あのとき海堂さんの話を聞いてあげてって言ったのは白兼店長だ。普段なら、俺が藤ヶ崎の担当だと思うけど。休憩時間の都合だけじゃなかったのかもな……。だとしたら、すごいや。偶然もあるけど、今の僕は前よりずっと海堂さんにいろんな話ができるようになっているだろうし)

きちんと振り返ってみると、短期間でも人間関係はよくなることがわかるし、逆に一瞬でおかしくなるというのもわかる。

ただ、今改めてこのことを認識できたことが、大和自身にはプラスに思えた。

(でも、白兼店長が本社に戻ったら――は、まだ考えたくないな。甘えだとは思うけど。もっと側で仕事を見たい。もっと、勉強もしたいから)

これからも忘れないようにして、しっかり自分の仕事に役立てていこうと心に決めた。

＊　＊　＊

翌日、大和は海堂からの言伝や、明日から始まる一推しおにぎりフェアの話などもしたくて、昼前には〝飯の友〟へ行こうと考えていた。

朝も普通に起きて、洗濯をして。余裕を見て、出かける準備をする。

「――電話？」

だが、そんな大和のスマートフォンが、充電器の上で振動した。

だいたいこういうときは、店から「早めに来られないか？」というのが多いので、大和もそのつもりでスマートフォンを手に取る。

病欠や急用などで空いたシフトの穴を埋めるとなったら、そこは仕事優先だ。

〝飯の友〟へは明日にでも――と、気持ちも切り替えた。

「え？　兄貴さん」

しかし、画面に表示されたのは、まったく頭に浮かばなかった相手だった。

それも電話ではなくメールだ。

どちらもバイブレーション通知にしていたので、勘違いしてしまったが。

「兄貴さんが僕にメール？　それって？」

大和はスマートフォンを手にしたものの、画面に触れる指先が少し震えた。

メールなので急用ではないと思ったが、それでも読むまではわからない。

大和はソファベッドに腰を下ろしながら、メールを開いた。

そして、送られてきたそれに目を通す。

「――鍵が合った！　兄貴さん、全部覚えてる！　みんなのことも、〝飯の友〟で僕と話したことも――やった‼」

届いたメールには、冒頭から〝おかしなことを書くが許してくれ〟とあり、まずは一昨日の夜のことが夢なのか現実なのかわからないので一日考えてしまった。

また、昨夜のうちに孤塚が勤める店へ行って、確認しようかどうか迷った。が、さすがに違ったら頭を疑われそうで、行けなかった。

だが、今朝になって大和のアドレスがあることに気づいて、まずはこのメールを送ることにしたという、説明があった。

「うわっ――。同じ夢を見たか？　とかって。あの兄貴さんが聞いてきてる。でも、それはそうだよな。確かに〝飯の友〟はパラダイスだったけど、自分の部屋で目が覚めたときに、夢かと疑いたくなる気持ちはわかるから」

大和は、鍵を確認した瞬間、なんの躊躇いもなくはしゃいだ今の気持ちが、兄貴に対する正直な感情なのだと思った。

狼から贈られた言葉もあったので、仲間になるか、思い出になるかとなったときに、どちらかと言えば思い出になることを覚悟しなければ、いけないのだろうか？　と、最初は考えた。

しかし、財布の中にある未来からもらった五円玉を見た瞬間、大和は仲間が増えることを願うことにした。

――きっと自分のときは、みんなが願ってくれたはず。

そう思い、またそう信じたことから、今後〝飯の友〟で兄貴に再会できることを祈り続けていたのだ。

「え？　え⁉」

だが、そんな喜びも束の間、兄貴からは、

〝浮かれて交換したが、このアドレスは今から消す。お前も書き留めておくなら、頭の中だけにして、削除してくれ〟

こんな一文が出てきた。

自分はヤクザで、いつどこで何があるかわからない。

万が一にも、大和をトラブルに巻き込み、取り返しのつかない迷惑をかけたら後悔してもしきれないので、申し訳ないが――という謝罪つきだ。

街中で偶然会うくらいならいいが、意図した連絡は取れないほうがいいというのが、兄貴からの説明だった。

しかも、

「〝飯の友〟へ行くのも極力控える。行くときには、最善の注意をしながら、でも不定期に、間を空けて様子を見に行く程度に留《とど》める――か」

大和に対しての気遣いは、狭間世界と〝飯の友〟にもされていた。

大和からすれば、ここは次元違いなのだからよいのでは？　とは思ったが。

これは兄貴自身が職業柄した判断なので、大和は納得することにした。

「え⁉　代わりにいたちゅわんが、今より遊びに来てくれるらしい？　ってか、これを打っていたら、遊びに来てくれたから、自宅プチパラダイスしておく？　ドン・ノラさん？　気になって確かめに行っちゃったのかな？　兄貴さんは、いたちゅわんの正体も本人に確認したのかな？　それにしたって、自宅でプチパラダイスって――。きっとご本体を愛でて、ひたすらご馳走をふるまうってことなんだろうけど」

かなり緊張感を持って、メールを読み進めてきたが、こういうところは兄貴さんらしいな――と、大和は思った。

そして、何から何までちゃっかりしているドン・ノラも――。

（それにしても、ドン・ノラさんはいつの間に兄貴さんと知り合って、ご馳走してもらう仲になったんだろう？　こんちゃん拉致監禁あたりがきっかけなのか、もしくはドン・ノラさんがご本体で街中をウロウロしているときに、すでに出会っていたのか。なんにしても、孤塚さんみたいに初対面が人間同士ではないような気がするけど……。ここは今度、聞いてみよう！）

不可解なことは多々あるが、こうなると真相を聞くのが楽しみだ。

大和は、次に兄貴と〝飯の友〟で会うのがいっそう待ち遠しくなり、更に続くメール文に目を通した。

「ところで話は変わるが、あの子らは大きくならないんだな。――え⁉　未来ちゅわんは、出会ったときから、まったく大きくなっていないが。これもパラダイスの魔法か？　――えええっ⁉」

だが、メールの終わり間近で、大和はこれまで気にしたことがなかった部分に触れられ、読み終えたと同時に、急いで画像ファイルを開いた。

未来や永と劫の写真は、それこそ万が一にも誰かに見られたときに、仔犬写真で押し通せる本体姿しか撮っていない。

なので、これらを改めて見返してみたが、確かにサイズが変わっていない。

大きくなったように見えない。

未来の年頃にしてもそうだが、永と劫の月齢なら、一番成長が目に見えてわかる頃だ。

梅雨《つゆ》の季節に出会って、今は秋。

0歳児の三ヶ月は、大人の三ヶ月とはまったく比較にならない。

人間でもそうなのだから、オオカミの子なら尚のことだろう。

「――そうか。兄貴さんの好きって、すごいんだな。ちゃんと知識があって、些細《ささい》な変化も見逃さなくて。なのに、パラダイスの魔法とか書いているところがなんともだけど」

大和は写真を見ながら、改めて考えてみた。

「未来くんたちの成長か——」

やはり、もともとが異世界の住人たちだから、時間の経過が違うのか？

未来たちがここ三ヶ月、身体的な成長がまるで見えないということは、自分のほうが彼らよりも早く年を取っていく？

それこそ兄貴の言うパラダイスの魔法？

だが、言うまでもなく、生物によって寿命《じゅみょう》が違うのは、人間界でも同じことだ。

実際、これから未来たちが、どんなふうに年を重ねていくのかはわからないが、寿命の長さが逆なら、いずれ友達を見送るのは自分ではない。

未来たちということになる。

——と、そんなことまで考えてから、大和はスマートフォンの画面を閉じた。

不意に込み上げてきた笑いを堪えることができない。

「いや、これって未来くんや永ちゃん、劫くんが人間の子でも、同じことだよ。年の順から言ったら、普通に僕のが先だ。狼さんや烏丸さん、孤塚さんたちは——って、考えたら切りがないけど。でも、それだって生まれ持った寿命がどの程度かなんて、自分じゃわからないんだから、考えても答えがない話だ」

ただ、だからこそ、未来たちとの出会いは貴重で奇跡的なものだと、大和は思った。

今、自分は最高に恵まれた人生を送っている。

まずはこのことに感謝して、そして、これまで以上に元気に楽しくみんなと過ごすことで、感謝を目に見えるものにしていかなければ――と。

とはいえ、

「それにしても、兄貴さんに気づいてもらってよかった。おばあちゃんには申し訳ないけど、会わせ方を間違えたら、大変なことになるってことだからな。ここは狼さんたちにも聞いてみよう」

大和は勢いよく立ち上がると、兄貴のメールには「すべて承知しました」とだけ書いて返信をした。

その後は、連絡先を消してから閉じたスマートフォンをリュックに入れて、朝のうちにベランダへ干した洗濯物を浴室へ移動させる。

そして、パジャマから私服に着替えて、出かける支度を整えていく。

「とにかく、兄貴さんの鍵が合ったことを伝えなきゃ！　これが一番のビッグニュースなんだから、ちょっと早いけど、今から行こうっと！」

本当ならば、十二時前でいいかと思っていたが、大和はすぐに家を出た。

まだ十時を回ったところだったが、今日は特別だったから――。

（やっぱり自転車かスクーターを買おう。大した距離じゃないけど、今日みたいなときは、バーッと行きたくなる。ひとっ飛びできる烏丸さんが羨ましくなってきた）

いつも以上に逸る気持ちから、大和は足早に〝飯の友〟へ向かった。

残り百メートルを切ったときには走ってしまい、到着したときには肩が上下する。

「おはようございます！　聞いてください！　兄貴さんの鍵が合いました！　今朝、メールをもらいました‼」

それでも店の扉を開くと、挨拶と同時に報告をした。

突然のことに狼と烏丸は驚いていたが、すぐに笑顔を向けてくれる。

「おはようございます。大和さん。それはよかったですね」

「そうか。鍵が合ったのか」

烏丸はカウンターで大量のおしぼりをたたみ、狼は手にした大根の皮を剥いていた。

また、座敷の座布団に寝転がっていた孤塚――こんちゃんも、大和の姿を見るなりムックと起き上がる。

「お～っ、そうか。兄貴の奴、鍵が合ったのか。そりゃパラダイスだな～、あいつだけ」

この分では、昨夜も自宅には帰らず、ここか母屋にでも泊まったのだろう。

額にタオルを当てているのを見ると、また二日酔いなのかもしれない。

だが、そんなときに兄貴の話を聞いたものだから、げんなりしていた。

今後兄貴の前では孤塚でいることが許されず、こんちゃんご指名で撫で回されることでも想像したのかもしれない。愛くるしい顔を引き攣らせていた。

「まあ、合ったというなら、それはそれでいいじゃないか。テイにとっては恩人だし、未来たちもすっかり懐いているんだから」

こんちゃんの心情は察しているだろうに、狼はまるで他人事のように言っていた。

成獣に戻った姿を見せたところで、間違っても兄貴が「狼ちゅわ〜ん」にはならないと、わかっているからだろう。

このあたりは、酔うと大きさに構わず抱きつく、撫で回す、ブラッシングしたがる大和のほうが厄介なのかもしれない。今から次の換毛期を警戒されていそうだ。

「――ですよね。あ、そうしたらちょっと高いお酒でも仕入れておきましょうか。孤塚さん、何本かお願いしてもいいですか?」

烏丸に至っては、兄貴どころか大和からも度を超した溺愛はないので、なんの心配もない。むしろ、外貨を持ち込む者が増えて嬉しそうだ。

「うわ〜。ヤクザ相手に稼ぐ気満々かよ。腹黒いな〜っ」

「鴉ですからね。腹どころか全身真っ黒です」

(否定しないんだ!)

こんちゃんとのやりとりを見ていた大和が、内心で突っ込む。

わざとらしく煽ったこんちゃん本人も、これにはビックリしていた。

「そこは否定しろよ」

「否定するよりも、腹黒を認めて仕入れ値を下げるほうが賢明ですからね。できるだけ安くてよい品をお願いしますね。銘柄はお任せしますので」

「……お、おう」

しかし、このやりとりに関しては、烏丸のほうが一枚上手だった。

こんちゃんは「あとでお金を預けますので」と言われて、そのままパタッと身体を倒す。

そして、座布団上で自分の尻尾をぎゅっと抱えると、あっさりやり込められたことが気に入らなかったのか、そのままふて寝をしてしまう。

(そんな姿、可愛いだけなのに!)

さすがに口には出さなかったが、その分両手で口元を押さえて、大和は思い切りニヤけてしまった。

(それにしても——。ここへきて烏丸さんが商売に走ってる。やっぱり、あれだけのお任せ定食が五百円じゃ、採算が合わないよな)

とはいえ、何気なく聞くことになった烏丸の「全身真っ黒」発言が、大和は気になった。

「そんな、心配そうな顔をするな。今のは、変なところで孤塚が絡むから、烏丸に仕返しをされただけだ。孤塚は仕事柄、酒のランクや銘柄には詳しい。それで頼んだだけだから」


すると、これに関しては、すぐに狼が説明をしてくれた。

どうやら耳や尻尾がなくても、顔に出るらしい。

大和の考えそうなことは、すっかり見抜かれているということだ。

「な、なるほど」

「それに、実際孤塚はいつも希望どおりのものを買ってきてくれるから、ここでもいいものを安く提供できるしな」

「あ、ですね」

そう言われたら、そうだった——と、納得をした。

思い返せば、ここではお任せ定食以外の注文で出される料理も、とても安い。

ビールやお酒など、ディスカウントショップから買ってきたそのままかと思うような値段で提供してくれている。

それがわかっているからか、孤塚や狸里たちは「土産だ」「差し入れだ」「余ったら売り物にして」と言っては、酒類を持ってきて狼へ渡していた。

特に狸里たちは大和の同業とあり、狼から頼まれれば仕入れもしてくるし、頼まれなくても珍しい食材や調味料などを見つけると、「見て見て」「使って」とばかりに買ってきていた。

このあたりは、大和が未来たちの好きなオマケ付きのお菓子を——やら、狼や烏丸が好きそうなお菓子を——と、楽しみながら選んで買ってくるのと変わらないのだろう。

だが、そんなときは決まって、狼も「お礼だ」と言って、その日の食事代は受け取らない。物々交換が根づいている狭間世界というのもあるだろうが、そもそも〝飯の友〟を商売とは考えていないからだろう。

（ああ、だから烏丸さんも、僕に〝実家に来てご飯を食べて、食費を入れている感覚でいい〟みたいに言ってくれたのか。でも、これってすでに孤塚さんや狸里さんたち、他のお客さんたちも同じなんだろうな——。お店というかたちは取っていても、ここは家族のような友が、一緒にご飯を食べたり飲んだりするために集まる場所ってことで）

大和は、自分がスーパーに勤めていることもあり、つい仕入れが売り上げが——と、気を回してしまうのが癖になっていた。

だが、ここでは不要なのだと改めて実感をする。

それこそ変な心配をするくらいなら、これまでどおりに通い続けて、なおかつ未来たちと遊びながらメニューにも使えるキノコ狩りや果物狩りなどをするほうがいい。

なんならモーじいさんに頼めば〝乳搾り〟というバイトもあるのだから、〝飯の友〟で使う牛乳は僕に任せて！　でもいいだろう。

（あ――。なんか、僕のやれることが見えてきた）

些細なことから、またグルグルと考えてしまったが、今日はいい結論に辿り着けた。

ただ、それが誰の目から見てもわかるくらい、やっぱり大和の顔には出てしまっていたようだ。

黙って様子を見てくれていた狼と烏丸が、今にも噴き出しそうになっている。

が、それを堪えて、カウンターの向こうから狼が話しかけてきた。

「それより、大和。朝は食べてきたのか？　昼にはまだ早いが、いつでも出せるぞ」

「あ、ありがとうございます。朝は食べてきたので、食事はお昼でお願いします。兄貴さんのことを伝えたくて、早く来てしまっただけなので」

「そうか」

「そうしたら、お茶でも」

狼も烏丸も、ここへ来て大和が立ちっぱなしなのを気にして、腰を落ち着けるように勧めてくれた。

しかし、当の大和は、店内にいない未来たちが気になって仕方がない。

背負っていたリュックだけは下ろして、カウンターチェアに置くも、側にいた烏丸に視線を向ける。

「ありがとうございます。ところで、未来くんたちはまだ母屋なんですか？」

「未来さんたちでしたら……」

「あ！　大ちゃんだ！　今日は早い！」

「あんあん！」

「きゅおんっ！」

するとと未来と永と劫が、タイミングよく店の勝手口から入ってきた。

いつものように獣人姿になっている未来の手には、リンゴや桃が入った小さな籠が持たれている。この分だと朝から森へ狩りに行っていたようだ。

「うん。兄貴さんの鍵が合ったんだって。連絡をもらったから、それを知らせたくて来ちゃったんだ」

だが、未来たちだけで狩り——？　と、思ったときだ。

「わ！　やった。テイちゃんたちも喜ぶね！　あ、みんな入って入って〜っ。大ちゃん来てるよ〜っ」

「本当だ！　ヨウ、テイ、大ちゃん来てるぞ！　ソウちゃんも早く！」

「わーい」

「あんっ」

未来に呼ばれて、コヨーテ三兄弟がぞろぞろと現れた。

最後に入ってきたソウの背にも、キノコや果物がたっぷり入った大きな籠が背負われている。狩りの付き添いであり保護者、そして変化できるがゆえに当てにされただろう荷物持ちは、彼だったようだ。

大和は軽く会釈をすると、子供たちに「こっちこっち」とせがまれながら、座敷へ腰をかける。

そうしてまずは、永と劫とテイをまとめて抱え、自分の膝へ。

その間、右隣には未来が、左隣にはヨウとコウが並んで座ってきて、さっそく「あのね」「聞いて聞いて」「大ちゃん!」と狩りの話をし始める。

膝の上では永たちがじゃれてもぞもぞ、左右では未来たちが耳をピコピコ、尻尾をブンブンで、もはやこれしか言葉が浮かばない。

(も、もふもふ天国――可愛い。本当にパラダイスだ〜っ)

兄貴の幼稚言葉ほどではないが、気持ちだけならそれに負けずとも劣らないくらいのメロメロぶりだ。

だが、ここまでくると、大和が今の兄貴の年ぐらいになったときに「未来ちゅわ〜ん」とやっていないとも限らないので、そこは「落ち着け、落ち着け」と自身に言い聞かせる。

これを見たソウがいささか不安そうな顔をしていたが、そこはもう気にしない。

「付き添い、お疲れ様でした」

「未来たちまで一緒に、ありがとうな」

ここでも気を利かせた烏丸と狼が、ソウに声をかける。

「いや、行こうって言い出したのはコウたちだし。それより、これ。みんなで集めてきたから、よかったら店で使ってくれ」

ソウは自分が持ってきた大きな背負い籠を下ろし、未来が持ってきた小さな籠と一緒に側にいた烏丸へ差し出した。

「こんなに――いいんですか？」

「ああ。未来やコウたちが、みんなに食べてもらうんだってはりきったものだから」

「ありがとうございます」

「すごいな。ありがとう。そうしたら、早速昼の定食にも使わせてもらうよ。ソウたちも食べていくだろう」

「……」

二つの籠は烏丸によってカウンター内へ運ばれ、受け取った狼がソウにランチの誘いをかけた。

しかし、どうしてかソウは口籠もる。

それどころか、耳も尻尾も垂れてきて――。

大和は未来たちに囲まれつつも、そのやりとりが気になった。

「都合が悪いなら、今日でなくてもいいが」

「いや、そうじゃなく。ここは店だろう。俺はまだ人間界へも出られないから、金なんて稼げないし。結局温泉のときだって、狼やドン・ノラからもらうことになって」

どうやらソウは、自分がお金を持っていないことを気にしたようだ。

普通に考えれば当然のことなのに、やはりここへ出入りしているのが孤塚や狸里たち、また大和のように人間界で働き、お金を持っている者が多いからだろうか？

だが、そんなソウに対して狼は「金？」と聞き直してから、笑って言った。

「なら、今日みたいに食材を持ってきてくれれば、俺はその礼に調理して出すだけだ。むしろ、定期的に調達してきてくれたら、俺たちとしては大助かりだし。なあ、烏丸」

「はい。さすがに自給自足だけでは、まかなえませんから。こうした食材の持ち込みは、本当に助かります」

これには烏丸も同意し、口角こそ上がらないものの、大きく頷いてみせた。

確かに、この世界には自生している果物や野菜は多いが、だとしても自給自足には限度がある。それがわかっているから孤塚たちも何かと持ち込むし、モーじいさんなどとも物々交換をしているのだろう。

「いいのか、それで」

「いいも悪いも、川上にいる熊の親子は、魚を獲ってきてはサンドイッチと交換していく。

おかげで最近は新鮮な鮭なんかがよく入って、助かってるんだ」

「――っ！　わかった。それでいいなら」

川上の熊の親子と聞いて、ソウは驚きながらも納得していた。

おそらく、以前大和も会ったことのある熊たちのことだろうが、その母子はどちらも変化ができず、こうして会話をすることもできない。

大和には馴染みのある人間界の熊寄りだ。

ただ、それでも狭間世界に生息している、もしくは出入りしている動物たちは、運動会を見てもわかるが皆、多種族とコミュニケーションが取れる。

しかも、未来たちには相手の言い分もわかるようなので、あれからは狼のところへ直接物々交換に来ていたのだろう。

（ぴゃーっ、美味しいって鳴いてた熊さんたちか）

大和は、両手で器用にサンドイッチを掴んで食べていた熊たちの姿を思い出した。

その隣では大和同様、しっかり聞き耳を立てていたヨウがスッと立つ。

「ソウちゃん。俺たち、これからも未来たちのところへ来ていいの？　お店でご飯食べられるの？」

「ああ。代わりに、今朝みたいに果物やキノコ集めをするけどな」

「やった！　美味しいご飯だ‼」

今後の物々交換が成立したようだ。

ソウたちがいる森のリンゴは美味しいし、近くには冬苺やスモモが取れる場所もある。

しかも、リンゴの森から〝飯の友〟へ来るまでの森の中には、キノコもいっぱいだ。

その気になれば、収穫には事欠かない。

ただ、この交換に喜ぶヨウやテイに反して、コウだけがいまいち乗り気ではなかった。

「――お店なのにお箸持てなくていいの？　まだ俺たち変化できないよ？」

「そこは気にしなくていい。永と劫もだ」

「でも……」

お金の次は変化による気後れだった。

やはり、狭間世界においての妖力差、そしてそれによってできてしまう行動力の差は大きいのだろう。狼でさえ『月のない夜は──』と、自分の無力に落ち込むくらいだ。

だが、だからこそ狼からコウに向けられた「気にしなくていい」に、大和は自戒が込められているようにも聞こえた。

「そしたら未来たちと一緒に変化の練習をしたらいいよ！　えっちゃんとごうちゃんも練習してるよ。未来もまだまだ練習するよ！」

また、スッと立ち上がり、コウを練習に誘う未来の前向きさには、大和まで元気をもらったような気持ちになる。

「練習したら、未来みたいに変化できるかな？」

「できるよ！　だから、頑張ろう‼」

「う、うん！」

未来に励まされて、コウの顔にも覇気が戻る。

それを見たヨウやテイ、ソウまでもが俄然やる気だ。

（すごい――。すごいよ、未来くん。でも、まだまだ練習って何？　未来くんの変化には、まだパターンがあるの？　それとも孤塚さんたちみたいに、妖力そのものを上げるための練習ってこと？　まさか烏丸さんみたいに大きくなるとかじゃないよね？）

大和はここでも、ひとしきり感心をした。

だが、それと同じぐらい、次々と疑問が湧き起こってくる。

これまでのものと合わせたら、すべての疑問が解けるには、それ相応の時間がかかりそうだ。

（うーん。今度、また泊まったときにでも聞いてみよう！）

しかし、そんな未知なる時間さえ、今の大和には楽しく思える。

知らないことを知るのは嬉しい。

仮に、それが〝自分が知るべきことではない〟と知ることになったとしても、気持ちは同じだ。大和には知った分だけ未来たちに、そしてこの狭間世界にいっそう寄り添える気がしたからだ。

「これまで以上に賑やかになりそうだな」

「本当に」

とはいえ、「美味しいご飯だ」「変化の特訓だ」「あんあん」と、はしゃぎだした未来と五匹の賑やかさは、三人やら三匹の比ではない。

若干とはいえ、狼や烏丸の頬が引き攣り始めた。

ソウに至っては、すでに今朝からの狩りが効いているのか、疲れ果てて無言だ。

それでも二度寝だか三度寝をしているこんちゃんは、尻尾を抱えて眠ったまま。こうしたところは、狸里といい勝負だ。よく似ている。

「あ――、そうだ。お昼ご飯まで時間があるから、少し外で遊ぶ？　それとも狩りで疲れちゃったかな？」

大和は、いったん未来たちを外へ連れ出そうと、永たちを膝から床へ下ろした。

「わーい！　遊ぶ遊ぶ」

「大ちゃん、何して遊ぶ？　鬼ごっこ？」

「うーん。ご飯のあとは仕事だからね。でも、楽しいよね、鬼ごっこ」

大和の誘いは大成功だった。

疲れ知らずの未来たちは、大和を囲みながら勝手口へ向かう。

だが、ここで表の扉が音を立てて開いた。

すると、これには大和だけではなく、その場にいた全員が振り返る。

「おはよ～。ちょっと早いけど、いいよな」

調子のよさそうな挨拶を発して現れたのは、本体姿のドン・ノラだった。

しかも、ちゃっかり兄貴の胸元に抱えられている。

「え、兄貴さん⁉　自宅でパラダイスをしてたんじゃ？」

急すぎる来店に、大和は挨拶も返さずに聞いてしまった。

当然、兄貴自身はそのつもりだったのだろう。「いや、あの」と非常に肩身が狭そうだ。

一張羅のダークスーツ姿が際立つ厳ついマスク。熊の変化だと言われても、そのまま信じ込めそうな現役バリバリのヤクザ幹部だというのに、体長二十センチ程度の愛らしいホンドオコジョを抱えているためか、見る影もない。

それどころか、ここまでドン・ノラを抱っこして移動してきたのが嬉しかったのだろう。

面目ないという表情の中にも、可愛い子好きが満たされているのが伝わってくる。

だが、大和の脳裏では、車移動？　いつものお付きの人たちは？　と、これまた疑問が湧き起こる。

「ああ、なんか遠慮して、そんなこと言ってたから、連れてきたんだ。ヤクザな俺がトラブルを持ち込むと悪いからどうこうって――。でも、こっちに持ち込まれて困るのはインフルエンザぐらいだろう？　だから、健康だったら問題なし！　ついでに私はこれから開店準備をしに帰らないといけないから、パラダイスならここで味わってってことで」

大和に聞かれて、経緯を説明するドン・ノラが「な！」と、兄貴に同意を求める。

このあたりは、メールを読んだときに一度は大和も考えた、〝次元違いなのだからよいのでは？〟で、正解だったのだろう。

もっとも、誰に言われるまでもなく、こうした気遣いができる兄貴だからこそ、ドン・ノラも連れてきたのかもしれないが――。

「申し訳ない。ついさっき、あんなメールを送ったばかりだっていうのに」

それでも〝舌の根も乾かぬうちに〟とばかりに、ここへ来てしまった兄貴は、ずっと肩を落としていた。

「いえ、大丈夫ですよ。そんな、我慢しなくても。ねぇ、未来くん」

大和は、こういうときこそ、一番の特効薬とばかりに、未来に話を振った。

「そうだよ！　今からお昼ご飯まで遊ぶんだよ！　兄貴ちゃんも遊ぼーっ」

「あんあん！」

「きゅお～ん」

満面の笑みで応える未来に、永と劫の甘えた声が加わる。

しかも、ここに今日は、コウ・ヨウ・テイの三匹までもが、「遊ぼう」「遊ぼう」で、一斉に足元へじゃれついていくのだ。

「うっ、うぉぉぉおっ！　パラダーイスっ‼」

これには兄貴も瞬殺された。ドン・ノラがさっと両手からすり抜け、カウンターチェアに飛び移ったのもあるが、両手で鮭獲りのごとく三匹を掬って抱え込む。

そのまま未来たちに「こっちこっち」と勝手口へ案内されて、嬉しそうについていった。

と、思いきや、

「あ！　もちろん、こんちゅわんもいっちょでちゅよ〜っ」

目ざとく寝ていたのを見つけていたのだろう。

兄貴は、素早く三匹を片手に抱え直すと、座敷で寝ていたこんちゃんをも勢いよく掬い上げて、そのままスキップしそうな勢いで店の裏へ出ていった。

「ひぃぃぃぃぃっ⁉」

こんちゃんからすれば、起きても悪夢のような状況だろうが、こうなっては大和にはどうしようもできない。

ソウだけは「ちょっ、うちの三匹！」と、慌ててあとを追っていったが、大和はそれさえ見送ってしまったほどだ。

「ま、子守が増えたと思う分には、いいのかもな」

一気に店内が静かになったおかげか、狼も兄貴を歓迎していた。

「――ですね。というか、本当は兄貴さん、ここへ来たかったんだと思うので、連れてきてくださって、ありがとうございます。ドン・ノラさん」

大和も、それならば――と、兄貴を連れてきてくれたドン・ノラに感謝を伝える。

「どういたしまして。じゃあ、私はこれで」

そうして用がすむと、ドン・ノラは変化することなく、店の外へ出ていった。

「あ、私が店まで送りますよ！」

「いや、こっちも支度があるだろう。代わりを手配してくれたら、ありがたいけど」

「承知しました」

店の前では、ドン・ノラを追いかけた烏丸が、近くにいた鴉を呼び寄せている。

「それじゃあ、狼さん。僕は兄貴さんと一緒に、未来くんたちと遊んできますね」

大和は鴉が飛び立つ羽音を耳にしながら、狼に声をかける。

「これから仕事なんだ。無理しなくていいからな」

「はい」

言われなければ忘れそうだった事実を再確認しつつ。

だが、やっぱり今だけは、未来たちやデレる兄貴――新たな飯の友と一緒に、全力で遊んでしまいそうだった。

狸里さんと
鼓さんまで省エネ化!?

山の中で出会ったコヨーテ兄弟。
ひょっとして警戒されてる？

大和のもふもふな休日

本書は書き下ろしです。

SH-065

ご縁食堂《えんしょくどう》ごはんのお友《とも》

仕事中でも異世界へ

2022年6月25日　第一刷発行

著者　日向唯稀《ひゅうがゆき》

発行者　日向晶

編集　株式会社メディアソフト
〒110-0016
東京都台東区台東4-27-5
TEL：03-5688-3510（代表）/ FAX：03-5688-3512
http://www.media-soft.biz/

発行　株式会社三交社
〒110-0016
東京都台東区台東4-20-9　大仙柴田ビル2階
TEL：03-5826-4424 / FAX：03-5826-4425
http://www.sanko-sha.com/

印刷　中央精版印刷株式会社
カバーデザイン　長﨑 綾（next door design）
組版　大塚雅章（softmachine）
編集者　長塚宏子（株式会社メディアソフト）
印藤 純、菅 彩菜、中世智恵（株式会社メディアソフト）

ISBN 978-4-8155-3536-0